生きてるうちに、さよならを

吉村達也

集英社文庫

生きてるうちに、さよならを

目次

生きてるうちに、さよならを

はじめに

人は誰でも一生に一冊は本を書ける、と、よく申します。つまり、それぐらい劇的な体験が、長い人生の中に一度はある、ということなのでしょう。

私もそうでした。精密機器の小さな町工場を興した三十代はじめから、およそ四半世紀の間に、おかげさまで『モトミヤ精工』といえば、「ああ、テレビのCMでおなじみの、あの会社ね」と言われるまでになりました。

ですから、一代で会社を築き上げた経営者がよくやることかもしれませんが、私も五十代の後半に差しかかったのを機に、一代記と申しましょうか、半生記と申しましょうか、自分で言うのもおこがましいのですが、『モトミヤ精工』創業者であり、代表取締役社長である私、本宮直樹《もとみやなおき》の立身出世物語を出版しようかと思ったのです。

といいましても、商業出版として成り立ったぐいのものでないことは、私もよく承知しております。最初からその本は、関連会社を含めると延べ二千人ほどにのぼる従業員に無料配布する、ポケットマネーによる自費出版として考えておりました。

もちろん、自分では書きません。私には商才はあっても物書きの才能などありませんから、誰かに私をインタビューさせて、そのテープを、いかにも私が執筆したかのような体裁で書き起こさせればよいと考えておりました。

その時点では、まさかこのように自分でパソコンに向かって、四苦八苦しながら原稿を書くことになろうとは思いもよりませんでした。

そうです。私は社長一代記などよりも、もっともっとドラマチックな物語に仕上がるような、まさに小説のような体験を、この一年のうちにすることになってしまったのです。

それは、安易に他人に聞かせられる中身ではなく、したがって、どんなに稚拙な文章になってもいいから、自分の手で記録を綴《つづ》っていくよりない種類のものでした。

それにしても、私はこの本をいったい誰に読ませようとしているのだろう。ふと、そんなことを考えてみたりもします。

最初の企画は「社長一代記」ですから、従業員に読ませるためと、明確なターゲットが定まっておりました。でも、こんどの本はどうなのでしょう。いまの私には高校生の息子と中学生の娘がおりますが、我が子に聞かせたい話ではありません。妻に読ませることは、なおのことできません。

家族に見せられない本を、他人に読ませるわけはいかないのは常識です。もしかすると、唯一の読者は書き手の私自身なのかもしれません。でも、それでは日記になってしまいます。

自分以外の誰かに……それも第三者に読んでもらいたいからこそ、今回の衝撃的な出来事を赤裸々に書くのだ、という気持ちに揺らぎはありません。けれども、具体的に誰に読ませるためなのかという答えは見つからないまま、先日、ともかく私は最初の一行を書きはじめました。

ところがどうもうまくいきません。それはそうです。作家でもない素人が、最初からスイスイと筆が進むわけがありません。ただ、そういうこととは別に、真実を書こうとする自分と、それを隠そうとする自分とのせめぎあいがあって、何度書き直しても一ページか二ページで挫折して、また一から書き出すことになってしまうのです。難かしい。真実の告白はほんとうに難しい。

そこで、いろいろ考えてみたのですが、ひとつの方法を思いつきました。それは単純な一人称形式ではなく、一章ごとに私が語りかける相手を変えていってみるやり方です。

今回の一連の出来事は、たしかに局面局面で、違う読者を想定しながら書き進めていったほうが、よりわかりやすくなるのではないかと思いました。いわば、さまざまな人に出した手紙の集大成と思っていただければよいのです。

それでもなお、トータルでこの本を読んでもらうべき相手が誰なのか。それはまだわかっておりませんが、ともかく本文を書き出していくことにしましょう。

最初に語りかける相手は有名人です。個人的な知り合いではありません。でも、私がこの本を書くきっかけは、この方が作ってくださったようなものなので、やはりこの方に読んでいただきたいのです。

社会評論家で、ベテランの人生相談回答者として、テレビ・ラジオ・新聞・雑誌でおなじみの大塚綾子《おおつかあやこ》先生です。

第一章

生きてるうちに、さよならを

大塚綾子先生、昨秋は、当社の従業員集会に講師として厚木の本社までお越しいただき、大変ためになるお話を賜り、まことにありがとうございました。

先生のご自宅が、たまたま弊社のご近所でいらっしゃることを知り、ご町内のよしみ、などという甘えで講演のお願いを恐るおそる申し上げたところ、ご快諾くださり、ほんとうに感激いたしました。

社会評論家として、また人生相談の師として、第一線でご活躍の大塚先生がおみえになるということで、自由参加でありながら、広い講堂が弊社従業員でいっぱいに埋め尽くされるのを目の当たりにいたしまして、さすがに先生のご名声は大変なものだと、改めて驚き入ったしだいでございます。

ところで、今回のご講演の題名が『生きてるうちに、さよならを』になる、とのご連絡を事前にいただいたとき、失礼ながら私は、最近では決して珍しくはない生前葬のお話をされるのではないかと想像しておりました。そして、これもまた正直に申し上げますが、暗い話にならなければよいが、と、いささか危惧《きぐ》を抱いておりました。なにしろ弊社の従業員の平均年齢は非常に若いので、十代後半から二十代、三十代の彼らにとって、生前葬を身近な問題として捉えられるだろうか、という不安があったのです。

しかし、実際に先生のお話がはじまりますと、思いもよらぬ内容で、目からウロコが落ちたと申しましょうか、ハッとさせられることの連続でございました。私のようにことしで五十七歳――まもなく還暦を迎えようとする年齢の人間にとりましてはもちろんのこと、若い従業員たちにとっても、大いに得るものがあったと思います。

いまでも私は、演壇に上がられた先生の第一声を覚えております。

「生きてるうちに、さよならを――この講演の題名をお聞きになって、おそらくみなさんは『生前葬』のことを思い浮かべられたのではないかと思います」

見事な銀色のおぐしを照明に輝かせている先生のお姿を最前列から見上げながら、いきなり私の心を見透かされたような出だしに、大変に驚きました。

「たしかに最近では、生前葬を執り行なう方が増えてまいりました」

大塚先生は、会場全体に目配りしながら、よく通るお声でつづけられました。そして、以下はご講演の録音テープから書き起こしてみたものでございます。

「生前葬とは、文字どおり生きている間に行なうお葬式のことで、その多くは、人生のリセットを目的としたものです。つまり、これまでの自分は死んだものとして、第二の生き方をアピールするセレモニーですね。人生の終盤でもう一回気分を変えたいという気持ち、あるいは最前線から引退される経営者が、その節目に執り行なうこともあります。こうしたタイプの生前葬は、死を目前にしている悲愴感《ひそうかん》がありませんから、明るくにぎやかに、一種のパーティーのように行なわれるのがほとんどです。

リセット型の生前葬に較べればぐんと数は減りますが、重い病に倒れ、余命いくばくもなしとの宣告を受けたご本人が、まだしっかりしているうちに行なわれるタイプの生前葬もあります。これはお葬式の前倒しというよりも、お別れパーティーの前倒しという性質のものですね。最近よく見られる方式に、ごく内輪の人間だけで密葬を執り行ない、そのあと仕事仲間などでお別れパーティーをやるというものがありますが、どんなに故人の生前の業績や人柄の素晴らしさを讃えても、あたりまえのことですが本人には伝わらない。もちろん、残された人々の心に、故人の偉大さを改めて刻みつけることはできますけれども、それだったら、本人がまだ存命のうちに感謝と称賛の言葉を贈ろうではないか、あるいは、本人に自らの人生の足跡をふり返ってもらう狙いもあって、昔の友人などが参加するお別れ会を行なう。これが生前葬の第二のタイプです。

ちなみに、生前葬と似ているけれども、少しニュアンスの違うものに自分葬があります。これは生前にやるものではなく、死後に行なわれる点では普通のお葬式と同じですが、その内容をあらかじめ自分自身で具体的にプロデュースして、このようにやってほしいと言い残しておくものです。

こうした生前葬や自分葬とも違う、第三のセレモニーがある、ということを、きょうはみなさんにお話ししておきたいんです。こうやって集まっていただいたみなさんを拝見しましても、ほんとうに若い方のお顔がいっぱい。お葬式など、まだまだ親の世代の話だ、と思っていらっしゃる方も多いでしょう。でも、これから申し上げるセレモニーは、若い人とも決して無縁のものではありません。この考え方は、お葬式の『葬』の字が似合わないので、生前葬というよりも『生きてるうちに、さよならを』と呼んだほうがいいかもしれません。……そう、きょうの講演の題名ですね。

私はいま六十六歳です。この歳になりますと、すべてのことにおいて『またこんど』はなくなるんです。たとえば、私は仕事柄、放送局や出版社の方と毎日のようにお会いしていますけれど、この業界特有の挨拶《あいさつ》に、こうやってクイッとお酒を飲むしぐさをしながら『こんど一回飲みましょうよ』というのがあります。でも、これはあくまで『こんにちは、元気ですか』と同じ、ただの挨拶なんですね。『こんど一回飲みましょうよ』と言われた相手と実際に飲みに行ったためしがない、とは、マスコミ業界でよく言われる話です。でも、そうは言っても、いつかは実際に飲みに行くこともあるだろうな、と漠然と考えるのが若いころです。

ところが私くらいの年齢になりますとね、物理的に『こんど』がなくなってしまうんです。『こんど飲みに行きましょう』をサラッと儀礼程度に受け流してしまうと、飲みに行くどころか、会うチャンスさえも二度となくなってしまう場合が多い。これが歳をとるということなんです。ですから最近の私は、先方がたんなる儀礼程度のつもりで『こんど一度ゆっくり』と言ってきたら、すぐその場でアポをとっちゃうんですね（笑）。お食事とかお酒とか。相手の方のほうが、あわててしまわれますけれど。

人間関係ばかりじゃありません。場所に対しても『またこんど』はなくなります。まあ海外旅行ですと、この国にくるのも、これが最初で最後だろうな、という特別な感じをはじめから自然に持ちますけれど、たとえば自分の生活圏内で入ったレストランがとてもおいしくて、帰り際にお店の人に、ほめ言葉として『おいしかったわ。またきます』と口にしても、若いときでさえ、あんがい気に入った店に二度行くことになるケースは少ないのに、歳をとると、ますますそうしたチャンスが少なくなってきます。人に対しても、場所に対しても、すべてが『きょうでさようなら』になっているのかもしれない。最近の私は、そんな気持ちで、毎日を過ごしているんです。

ただし、いま『歳をとると』という言い回しを使いましたけれど、若い人でもそれは同じことなんです。人と人とを永遠に分け隔ててしまうものは、死だけではありません。ケンカだけでもありません。この狭い日本でいっしょに生きていながら、それぞれの人生の都合が、おたがいをもう二度と会わせなくする——じつは、若いときからその積み重ねできているんですね。

ふり返ってみますと、ああ、あの人とあそこで別れたときには、二度と会うことがなくなるとは思ってもみなかったのに、あれから二十年、三十年、いまでは消息さえもわからなくなってしまった、というケースは、いっぱいあるんです。そういうことを考えてまいりますと、なんだか、さよならも言わずに別れたままの人たちと、もう一度会ってみたいと、近ごろとても強く思うようになったんですよ。

それでね、じつは私、いまから三カ月後——来年のお正月に『生きてるうちに、さよならを』というパーティーを開くことにしたんです。お正月早々、その題名はなんだ、と言われそうですけど（笑）。物心ついた時分から、つい最近に至るまで、さよならも言わずにそのままになってしまった人たちを、できるかぎり思い出して、こちらから連絡を取ったり、テレビ局、ラジオ局、出版社もこの企画に賛同してくれることになりましたので、事前にテレビ、ラジオ、誌面で呼びかけるなどして、大塚綾子六十六年の人生に関わってきた人々に一堂に集まってもらおうという試みをやることになったんです。

変わってますでしょう？　いま、仕事やプライベートでおつきあいのある方にはご遠慮いただいて、ずっと会っていない方たちだけお招きして、再会するパーティーなんです。

だったら、なぜ『さよならを』という題名にするんだ、と疑問をおもちの方もいらっしゃるでしょうね。むしろ『おひさしぶり』ではないか、と。

いえ、やっぱりさよならなんです。この再会パーティーでお会いしたからといって、またふたたび何度も会う関係にはならないでしょう。なぜなら、おたがいが違う方向の人生を歩んでいるのを、無理やり束ねて接点をもつのがこのパーティーだからです。ですから、パーティーの趣旨もタイトルも『生きてるうちに、さよならを』でいいんです。

そして、たぶんパーティーをお開きにするときは、とても感慨深い気持ちになるかもしれません。……そうなんですね。これが私にとっての生前葬なのかもしれません。

いま、まだ若くて健康で、あと何十年も人生があるという確信に満ちておられる若い方にも、十代には十代なりの、二十代には二十代なりの、永遠の別れがあるということを意識しておいていただきたいんです。卒業とか、引っ越しとか、退職とか、あるいはケンカや死のような、明確な区切りをもった別ればかりが人生の別れではありません。ふっと気がつくと、もうあの人は自分の人生から消えてしまったのだ、という別れがたくさんあることを知っておいていただきたいんです。その真実を意識していると、一期一会《いちごいちえ》を心から大切にしていく気持ちになれるんですね」

大塚先生、私はほんとうに先生の講演に感銘を受けました。そういう考え方で人との別れを意識することなど、いままで一度もありませんでした。

でも、思えばおっしゃるとおりです。私の人生をふり返ってみても、明確な区切りをもった別れよりも、そうでない別れのほうが圧倒的に多い。だから先生の講演を拝聴しながら、私は心の中で決めたんです。よし、私もこれを真似させてもらおうと。本宮直樹主催の『生きてるうちに、さよならを』のパーティーを、一種の生前葬として催そうと、私はその場で決心したのでございます。

そして、その翌週でしたが、別の意味で人との別れを考えさせられる悲しい出来事がありました。大学時代からの友人で、北海道の旭川に住んでいる男が、脳溢血《のういっけつ》で突然亡くなったとの知らせを受けたのです。五十六歳でした。

もちろん、彼の死そのものが悲しかったのは言うまでもありませんが、その葬式の弔辞《ちょうじ》を読み上げた人間に対して、なんとも腹立たしく、なんとも虚しいものを感じたものですから、なおいっそう悲しみが増したのです。そして私は、葬式というものを根底から考え直さざるをえなくなったのでした。

第二章はこのことについて、亡くなった旧友の下村次郎君に語りかける形で書いていきたいと思います。

第二章

友が天に昇った日

下村、すでにこの世にいないおまえに呼びかける形で文章を書くのは、いま、これからおれが批判しようとしている連中と、やっていることが同じだと言われればそれまでだ。だけど大学時代からの長い長いつきあいの、おれとおまえだ。おたがい、若いころから相手の考えていることがよくわかっていたし、わかっていながらケンカもしょっちゅうした。でも、なぜかおれたちは気が合うんだよなあ。すぐに仲直りした。

だから、おれの弁明を聞いてくれ。そう、おまえの葬儀をめちゃくちゃにしてしまった謝罪と言い訳を……。

三十になってまもなく、おれは勤めていた機械メーカーを辞めて、清水の舞台から飛び降りるつもりで、おやじが以前に潰《つぶ》してしまった小さな町工場を復興させ、小さいながらも一国一城の主になった。でも、先行き不安でいっぱいだった。

そんなときに、ちょうどおまえも勤務先とケンカをして飛び出して、筆一本で食うしかないと、フリーの事件記者になった。かっこよくいえば、ノンフィクションライターかな。たしかにおまえは学生のころから筆は立つ男だった。だからきっと成功すると思っていたけど、おまえはおまえで将来に不安を抱き、崖っぷちに追いつめられた気分に陥っていたんだよな。

いつ潰れるかわからない町工場の経営者と、おれ以上にその日暮らしだったフリーライター。おたがいに苦労を慰めあい、励ましあうために、あのころは毎日のようにいっしょに飲み歩いた。

でも、ふたりともその苦労は報われた。おれは会社を一部上場企業にまで成長させたし、おまえは立派な賞を獲って、押しも押されもしないノンフィクションライターの第一人者になった。おたがい忙しくなったぶん、昔のように会う機会はほとんどなくなったけれど、それでも下村がおれの最高の親友であることに変わりはなかった。

最後に電話で話をしたのは去年の春、おまえが生まれ故郷の北海道に拠点を移すという連絡をくれたときだった。

「いままで東京でがむしゃらにやってきたけど、五十代も半ばに突入して、これからは自分のルーツに立って、北の大地で生きる人々を描いた大河小説を書いてみたい」

そう言ってたっけ。食うや食わずのフリーライターとして経済的な地獄を何度も見てきたおまえが、四十代の後半になって、ついにノンフィクションライターとして花開き、大きな仕事をいくつも成し遂げてきた。そんなおまえは、東京から生まれ故郷に帰ることで人生にひとつの区切りをつけ、これまでとは違った小説の分野にも手を出す余裕が生まれていたんだろう。おれも小説家・下村次郎の処女作を読ませてもらう日を楽しみにしていた。

それなのに、脳溢血で急死……。裕美子《ゆみこ》さんから知らせをもらったとき、おれは頭の中が真っ白になったよ。

たまたまその前の週、社会評論家で人生相談の回答者として有名な大塚綾子先生に講演にきていただいて、そのときのテーマ『生きてるうちに、さよならを』に感銘を受け、おれも生前葬の形でさよならパーティーを開こうと決めた、その矢先の知らせだよ。しばらく会っていないおまえを、おれの生前葬への招待者リストのトップに挙げていたのに。まいったよ、下村。まさに『生きてるうちに、さよならを』を言えないまま永遠の別れがきてしまうという悔やまれるケースの第一号が、おまえになるとは……。

飛行機で羽田から旭川へ飛んでいくあいだじゅう、おれはおまえとの青春時代をずっとふり返っていた。雲の切れ間から、眼下に北海道の大地が見えてきたときには、学生のとき、おまえといっしょに自転車で北海道一周旅行をしたことを思い出した。

たまらんな。学生時代の思い出を共有した人間の葬式に行くことは。

ほんとうは欠席しようかと思っていたんだよ。でも、裕美子さんと、まだ小さな子どもたちを慰める役目がおれにあると思ったから、つらいのをがまんして行くことに決めた。

おまえは生活が不安定だったころ、「おれは一生結婚できない」と嘆いていたよな。家族を養うのは経済的に不可能だ、と。そしてノンフィクションライターとして大成功を収めると、こんどは「おれは一生結婚しない」というふうにニュアンスが変わった。「できない」じゃなくて「しない」というふうに。

政治家からの圧力はまだしも、新興宗教やヤクザの闇《やみ》を抉《えぐ》るようなドキュメンタリーを連発していたおまえは、つねに生命の危険と背中合わせにいた。とくに某教団の逆鱗に触れたときは、広域暴力団に睨《にら》まれたときの何倍も恐ろしかったと、おまえにしては珍しく青い顔で震えていた。

おれには想像もできない世界だが、それでも世の中の悪を暴いていく姿勢をゆるめなかったおまえは、いつも職業ゆえの「非業の死」が頭にあった。だから、結婚したら家族に悲しい思いをさせる確率が高いとして、生涯独身を貫こうと決めていた。

ところが、やっぱり人との出会いは、そういうポリシーをも覆させるんだろうな。おまえが五十三歳という歳になってから裕美子さんという女性と運命の出会いをして、あっさりと前言を翻して結婚したときは、微笑《ほほえ》ましい裏切られ方をしたと思ったものだよ。

ただね、下村が二十歳も年下の嫁さんを迎えたとき、周りの連中はその年齢差をやっかんだり、ひやかしたりしていたけれど、おれは不安を覚えていたのも事実なんだ。おまえ、ほんとにいまから子どもを作るつもりなのか。いいのか、それで、とね。

かく言うおれだって、決して子づくりは早いほうじゃなかった。上の息子が高校生で、下の娘が中学生というのは、世間一般の五十六、七の男に較べたら、やっぱり遅いほうだろう。だけどおまえの場合は、そんなレベルじゃない。大きなお世話になるから口には出さなかったが、若い嫁さんを迎えるのは結構なことだけれど、子どもは作らないほうがいいんじゃないかと、内心思っていた。愛する人を見つけて、ずっといっしょにいるだけで十分だろうと。

案の定だよ。おまえ、何歳の子どもを残して逝《い》っちまったと思ってるんだ。父親の死も理解できない二歳と一歳の女の子だぞ。どうするんだよ、ほんとに。

そんなことを考えているうちに、飛行機は旭川空港に舞い降りた。旭川に着いた直後から急速に天気が悪くなって、厚い雲が空港の上空を覆っていた。飛行機に乗っているときは大地が見えたのに、着いてからは太陽さえ見えない。東京や、おれのいる神奈川県の厚木に較べたら、気温が十五度以上も低かった。秋というよりも、首都圏の感覚でいえば、もう初冬だった。

喪服の上には薄手のコートしか羽織っていなかったから、空港の建物から外に出た瞬間に、ぶるっときた。そして、鼻水が出て仕方なかった。ひょっとしたら、気づかぬうちに飛行機の中で泣いていたのかもしれないがね。

それでおれは、いったん空港ビルに引き返して、まだ時間があったからラーメンをすって身体を温めることにした。そういう日常的な行動をとることで、おまえの葬儀に向かうのだという現実を忘れようとしたのかもしれない。

だが、ラーメンを食っているあいだに、おまえとの北海道自転車旅行をまた思い出した。おまえは、生まれ故郷の旭川に入ったとたん、いかにも自分のフィールドに帰ってきたという感じで、生き生きと輝いていた。そしておれを、小さなころから行きつけだったというラーメン屋に連れていってくれたんだよな。ところが、そこでケンカをした。

おまえは「旭川ラーメンは、日本一のラーメンだ」と言って得意げだったけど、おれは口に合わなかった。スープが豚骨だけでなく、魚の出汁《だし》が加えられているのが特徴らしいが、たまたまその店だけがそうなのか、それともどこでもそうなのかわからないが、魚の風味が強く出すぎて、それとラーメンとの取り合わせが受け容れられなかった。そうしたら、おまえは本気になって怒ったよな。「旭川ラーメンのよさを理解できないやつとは絶交だ。さっさと東京へ帰れ」と。

そういう直情型というか、瞬間湯沸かし器というか、そこが下村という男の魅力でもあり、短所でもあった。でも、そういう性格だからこそ、世の中の悪に敢然とペンの力で立ち向かうノンフィクションライター下村次郎が誕生したんだろう。

不思議なことに、学生のとき、あれだけ拒否反応を示した旭川ラーメンを、おれは何の抵抗もなく注文していた。何十年ぶりかに食べた旭川ラーメンは美味《うま》かったよ。いまになって、おまえが怒る気持ちが理解できたとはな。

食い終えて、改めて空港ビルの外に出た。気温はさらに下がっていた。いやだよなあ、寒いときの葬式は。悲しみが倍増する。

そんな陰鬱《いんうつ》な気持ちが、その後のおれの行動に影響を及ぼしたのかどうか、それはわからない。とにかく最初に書いたように、おまえの葬式でひどい不始末をしでかした理由と謝罪とを、ここで述べさせてもらう。ひょっとしたら、おまえは自分の葬儀で旧友がさらした醜態を、別の世界からじっと眺めていたかもしれないが。

東京を発つ前に、おれは裕美子さんから電話を受けて、弔辞を頼まれた。ほんとうはその場ですぐ断るつもりだった。おまえを失った悲しみの重さは、人前でしゃべるようなもんじゃないから。けれども「主人は本宮さんの言葉をいちばん聞きたがっていると思うんです。短くても結構ですから、ぜひお願いします」と裕美子さんに涙声で頼まれたら、断り切れなかった。

しかし、驚いたよ。生まれ故郷でひっそり行なわれるのだろうと勝手に思い描いていたが、とんでもなかった。同じ飛行機に、やたらと喪服姿の乗客が目立つなと思っていたら、それはみなおまえの葬儀に向かう弔問客だった。市内で最大規模の葬祭場には、東京の新聞社や出版社、それにテレビ局などマスコミ関係を中心に弔花の列がずらり並んでいた。弔問の列の中には、テレビでおなじみの文化人の姿も見えた。この葬儀を取材にきた地元テレビ局のカメラもある。おまえの故郷・旭川で行なわれていながら、なんだか東京都内の葬祭場にいるような気分だった。

改めて、おれの親友は全国的な有名人だったんだ、と思い知らされたよ。なんだか弔辞を読むのが気後れしてきた。いちおう、おれも一部上場企業の社長だから、大勢の前でしゃべることには慣れているし、それなりに経済界では顔も知られている。そういう意味では、テレビカメラがいてもどうということはない。けれども下村の葬儀においては、ただの友だちで参列したかった。だから、できればいまからでも弔辞を辞退したいとさえ思った。おれの存在は場違いなような気がした。

そんな状況で、事件は起きた。

いや、客観的な書き方をしてはいかんな。おれがトラブルを起こした——これが正確な表現だ。

きっかけは、葬儀がはじまってしばらくしてから行なわれた来賓弔辞だった。セレモニーを進行する裏方の葬儀社員がおれにそっと耳打ちしたところによると、弔辞を述べるのは四人で、おれはその最後ということだった。

一人目は、今回の葬儀委員長を務める出版社の役員で、日本のノンフィクション界は偉大な才能を失った、と静かに悲しみを述べた。それは至極まっとうなものだった。問題は二人目と三人目だった。

二番目に祭壇の前に進んだのは、まったくおれの知らない顔だった。司会者の紹介によれば、地元旭川で小学校時代からの同級生だということだった。

角刈りでいかつい肩をもったその男は、祭壇に飾られたおまえの遺影を見つめたまま、何も言わず黙っていた。異様に長い沈黙だった。十秒？　十五秒？　いや、もっとだろう。まず、それがたまらなく芝居臭くてイヤだった。自分の背中に人々の視線を集めるのが快感なのだとしか思えなかった。

そして、その不自然な静寂から一転して、いきなり男は叫んだ。

「きょうでえ！」

会場のスピーカーがキーンと音を立ててハウリングを起こしてしまうほどの大声だった。最初おれは、何の意味かわからなかった。「きょうでえ」とは何かが。それが「兄弟」のことだとわかるまでに、だいぶ時間を要した。わかったとたん、こいつはヤクザかと思ったよ。そして、そいつの芝居じみた叫びはつづく。

「きょうでえ！　おれとおまえとは、小さなころから一心同体だったじゃねえか。何をするにも本物のきょうでえみたいに、いつもいっしょだった。夏になると、よく川に魚を捕りにいったなあ。木登りも大好きで、おれたちゃヒマさえあればヒグマみたいに、そこらじゅうの木に登って、飽きもせずに遠くの景色を眺めていたっけ。ふたりででっけえ雪だるまも作った。なんかよお、そういう五十年も昔のおれたちの姿が、バンバン蘇ってきて、昨日っから眠れねえんだよ。

おまえがよお、東京に出ていってからも、おれはきっとこいつは旭川に帰ってくる、そう信じて待っていたんだよ。下村次郎は、どんなに有名になっても、ふるさとを捨てるような男じゃない、って信じていた。そして期待どおり、おまえは生まれた町に帰ってきた。きれいな嫁さん連れてな。うれしかったよ、きょうでえ。酒盛りをやりたい気分だったぜ。だけど、なんだい。え、おい！　なんだよ、てめえよおー。おれに黙って、なぜ先に逝った。バカヤロー！」

バカヤローと怒鳴りたいのはおれのほうだったぜ、下村。なにを自己陶酔の芝居やってんだ、このバカは、と思った。身内が泣き叫ぶならわかる。だけど、まだ新婚といってもいい裕美子さんが、幼いふたりの子どもといっしょに、必死に悲しみをこらえて喪主席にいるのに、あたかも下村次郎を失っていちばん悲しんでいるのはこの私でございます、とでも言いたげな態度は、不愉快以外のなにものでもなかった。

遺族よりも強い悲しみを大げさにアピールするのは、場をわきまえない出しゃばりでしかない。おれはこういう人種が大っきらいなんだ。ときどき結婚式で花嫁より目立とうとするバカ女を見かけることがあるけれど、それよりもっと始末が悪い。おれはその男をマイクの前から引きずって、会場の外にほうり出したい衝動にかられたよ。

おれもダテに六十年近く人間やってるわけじゃないから、すぐにピンときた。この男は自分で喧伝するほどおまえとは親しくないってことがね。実際、後日聞いたことなんだが、この男は子ども時代の遊び仲間だったおまえが、テレビにも出る有名人になったことを周りに吹聴しまくっていた。それだけならいいけど、地元に帰ってきたおまえの名前を勝手に利用して、妙な投資話を進めていたそうじゃないか。そしておまえが急死すると、こんどは裕美子さんが、おまえの友人関係をよく把握していないのをいいことに、自分が下村次郎といちばん強い信頼の絆《きずな》で結ばれていたと言って、未亡人となった裕美子さんを金銭的に騙《だま》そうとしたんだぞ。そもそも、そんなやつが代表で弔辞を読むことじたい、裕美子さんがすでに騙されていた証拠なんだが。

しかし、詐欺の悪企みは、おまえの親族が気づいて事なきを得た。おれの直感どおり、とんでもない詐欺野郎だったんだ。まあ、そういう後日談が、おまえの葬式のあとにあったわけだよ。ともかく、不愉快な弔辞がこいつひとりなら、おれもガマンして騒ぎを起こさなかったと思う。しかし、三人目に弔辞を述べたやつが、輪をかけてひどかった。

そいつは女だった。しかも、おれの知っている女だった。そして世間的にもよく知られている女だった。白石《しらいし》三佳子《みかこ》、四十代半ばのファッション評論家。女性向け週刊誌や月刊誌では人生相談もやっている。

もしも自分の葬儀の一部始終がおまえに見えていたら、自称「兄弟」の登場にも驚いたかもしれないが、この女が弔辞を読むために祭壇の前に立っている姿に、おまえは叫びだしたかもしれない。「なんで、この女が」と。

いまさらおれが説明するまでもない。白石三佳子は自分に霊能力があることを売りにして、テレビで存在感を増してきた女だ。おれの尊敬する人生相談の師・大塚綾子先生と違って、白石三佳子の人生相談は、きわめて異様なものだ。相談者の悩みに対し、二言目には「先祖の霊が」「水子の霊が」「別れたご主人の生霊が」などと、霊をもちだす。世の中には霊と聞いたとたん、無条件でビビってしまう人間が多いから、その心理を利用して、自分の『ご託宣』に迫力を添える。

本業はファッション評論家というが、ファッションには門外漢のおれでさえ、彼女が本業でも本物でないことがすぐわかる。ことしは緑が守護霊さまの色で、あなたを守ってくれるでしょう、と、洋服の流行でさえ霊と結びつける。これではファッション評論家ではなく、心霊商売屋だ。そして、霊という言葉に弱い女性タレントたちと、ファッションアドバイザー契約まで結んでいた。

なぜおれがこの女のことを知っているかといえば、ちょうど十年前、おまえがノンフィクション界でビッグな賞を獲って一躍世間に名前が知られたとき、この女がおまえに誘惑の甘い罠《わな》——おまえに教えてもらったが『ハニートラップ』と呼ぶそうだな——を仕掛けてきて大変だと聞かされたからだ。当時は彼女もまだ三十代の若さだった。

おれと違って、おまえは見映えのする男だし、決して四十代後半には見えない若さもあった。なにより、ノンフィクションライターとして一躍有名になったのをきっかけに、テレビにもコメンテイターとして出はじめ、世間の注目を浴びていた。それが三佳子の有名人指向のレーダーにかかったんだろう。

おまえも男だから、あわやその罠にはまってしまいそうだった、と焦りぎみだった。それほど彼女の誘惑ぶりは巧妙で、まさに寝る寸前だった、と……。おまえも独身、向こうも独身だから、べつに不倫になるわけでもなく、それじたいは世間的に問題はない。だが、女の危険な匂いに気づいたおまえは、ホテルでいっしょの部屋に入ったところまできながら、土壇場でやめた。

それが三佳子の自尊心を猛烈に傷つけたようで、彼女はその後、おまえに対して執拗ないやがらせをはじめた。たぶん、おれだけが打ち明けられていた事実だろう。あえてここでは具体的な事例を書かないがね。おれだったらぶち切れて、警察に訴えるか弁護士に相談するところだ。

しかし、おまえは賢明にも、感情的になったらおしまいだと考え、耐えに耐えて事を荒立てなかった。周りの人間にも被害に遭っていることを、あえて言わなかった。それでとうとう白石三佳子も根負けしたのか、張り合いがなくなったのか、それともハニートラップの新しい標的を見つけたのか、おまえにまとわりつくことをしなくなった。
ようやく終わったみたいだよ、と、安堵《あんど》の笑みをおまえが浮かべるまで丸三年かかったかな。執念深い女だと思ったものだよ。ともあれ、とりあえず一件落着だな、と、ふたりで祝杯を上げたよな。

ところがだ、ずっと接触がなかった三佳子が、突然おまえの葬式にやってきた。しかも弔辞を読む役目までおおせつかってだ。これもあとでわかったことだが、本人から弔辞の「売り込み」が葬儀委員長を務める出版社役員にあって、「私はファッション評論家として行き詰まりを感じて悩んでいたとき、下村先生に貴重なアドバイスをいただき、励まされて、いろいろな教えもいただき、精神的などん底から這《は》い上がって、ここまできたんです。お別れにあたって、そのお礼を述べたいんです」と涙ながらに申し出てきた演技に、役員も喪主の裕美子さんもコロッと騙された。白石三佳子が、まがりなりにも『テレビでおなじみの』という修飾語をつけられるほど有名人になっていたことも、彼女の言い分があっさり信用された理由だろう。

しかし、葬儀会場で昔の事情を知っている、おそらく唯一の人間であるおれは、三佳子の登場に青ざめた。復讐だ、と直感的にそう思った。この女は、いやがらせを決してあきらめたのではなかった。いつかもういちどチャンスを、と窺《うかが》っていたのだ。そしておまえの訃報《ふほう》を聞くや、死人に口なしとばかりに、北海道まで飛んできた。最後の復讐を行なうために……。


なんとか弔辞をやめさせなければ、と、おれは焦った。しかし、どうすることもできないうちに、彼女は祭壇の前に立ち、深々と頭を下げたあと、いきなりすすり泣きをはじめた。それがマイクを通して会場に響く。先の男以上に、芝居がかった出だしだった。

しばらく嗚咽《おえつ》がつづいたあと、彼女は声を振り絞ってこう叫んだ。

「お兄ちゃん！」

おいおい、冗談じゃないぞ。「きょうでぇ」のつぎは「お兄ちゃん」かよ。しかもその呼び方は、兄と妹というよりも、明らかに男と女の関係を示唆するものだった。居並ぶ会葬者たちも、おそらくその一言で、三佳子と下村次郎との間柄を疑ったに違いない。弔辞の出番を待つために最前列に並んでいたおれは、とっさに喪主席にいる裕美子さんの顔を見た。彼女は、うつむいたまま顔をこわばらせているように思えた。

三佳子は、そんな周囲の反応など少しも気にしていない様子で、遺影のおまえに向かって、涙声で、というよりも、泣きじゃくりながら語りはじめた。

「お兄ちゃん、ひどいよ。ひどすぎるよ。三佳子を残して、突然いなくなっちゃうなんて。三佳子、どうしていいかわからない。教えて……教えて、お兄ちゃん」

ひどすぎるのはおまえのほうだろ、と、おれは三佳子の後ろ姿に向かって、心の中で罵《ののし》っていた。まさにこれは下村次郎とのあいだに特別な関係があったと、みんなに信じ込ませる策略ではないか。

「でもね、あなたが……お兄ちゃんが天国へ行った瞬間を、三佳子、知ってたわ。だって、亡くなったちょうどその時間、真夜中にきたわよね、私の部屋に。ごめんね三佳子、ほんとうにごめんね、って泣きながら」

あろうことか、こういう場でインチキ心霊現象までもちだしてきた。こいつは、作り話だということを自分で忘れることによって、罪悪感を覚えない。そして真実を語っていると自分に思い込ませる。心霊商売をやる連中の常套的な自己暗示だ。

おれの視野の片隅に、肩を震わせはじめた裕美子さんの姿が映った。それを見て、黙っていられないと思った。これ以上この女に嘘八百《うそはっぴゃく》を言わせてはならない、と。

「お兄ちゃん、私ね、お兄ちゃんが私にしてくれたこと、一生忘れない。だから、ありがとうって感謝の言葉をここで改めて言いたいの。それから……これはヘンなふうに受け取らないでね。ほんとうに、ほんとうに純粋な意味で、私、お兄ちゃんのこと大好きだった。愛してた。だから三佳子……いまは生きていく気力がなくなっている。私もお兄ちゃんのところに、いますぐ行きたいぐらい」

もう自分を抑えられなかった。

つぎの瞬間、気がついたらおれは前に進み出て、泣きじゃくりながら嘘っぱちを並べている白石三佳子の腕をねじり上げていた。そして、こんどはおれが叫んでいた。

「十年前、おまえが下村に何をしたか、おれはぜんぶ知ってるんだぞ。この恥知らずの嘘つき女。とっとと、ここから出ていけ！」

会場は騒然となった。

まずいことに、おれは有名人であるおまえの葬式に、テレビカメラがきていることを忘れていた。そして一部始終を撮られ、全国に流された——

一部上場企業の社長が友人の葬式で大騒動をやらかしたという、その後始末は大変だった。でも救われたのは、葬儀を大混乱に陥れたにもかかわらず、おまえの嫁さんが……裕美子さんが「ありがとうございます」と、礼を言ってくれたことだった。それだけでなく、葬儀委員長の出版社役員も、「本宮さんのなさったことは正義だと思います。私があなたの立場でも、同じ行動に出たでしょう」と、理解を示してくれたことだった。

そしてこのスキャンダルをきっかけに、白石三佳子はマスコミの表舞台から消えた。出版社の役員が、公正中立な立場から騒動の真実を自社媒体やテレビで語ってくれたからだった。こんどこそ、あいつはおまえの前から姿を消したよ、下村。

それにしても、この出来事のおかげで、おれはますます自分の葬式をやるのがいやになった。ほんとうに悲しんでくれるのは家族だけでいい。それ以外の人間から、いまさら生前のことをほめてもらったところで、死んだおれには聞こえないんだから、盛大なセレモニーをやったところで、何の意味もない。

葬式は、そのセレモニーの実行のために遺族を忙しくさせて、悲しみを忘れさせるためにあるという効用を説く人間もいるけれど、むしろ身内は、悲しむだけ悲しんだほうがいいような気がする。そのためには、外部の人間はいないほうがいいんだ。

無二の親友であるおまえの葬式だから、おれは心から悲しんだけど、そこまで深い絆をもっていない他人の死は違う。たしかに思いきり泣ける場合もある。けれども、葬式から戻って浄めの塩を撒《ま》いてもらってからは、家でビールを飲んでテレビを見て、バラエティ番組に平気で笑っていたりする。翌日までショックや悲しみを引きずるケースは、これまでほとんどなかった。もっと極端な例で言えば、葬儀会場でひさしぶりに会った顔なじみに向かって、「こんどコレやりませんか、コレ」と、手首の動きだけでこっそりゴルフのしぐさをすることもあった。

所詮《しょせん》、他人の死なんて、その程度のものだよ。少なくとも、おれぐらいの年齢になってしまえば、それぐらい冷めている。だからおれは、その場限りの涙で惜しまれる主役にはなりたくない。女房が「社長の奥様」としてもちあげられるのも、おれの葬式が終わるまでのことで、そこから先は、創業者・本宮直樹など最初から存在していなかったかのように、『モトミヤ精工』は後任の社長を中心に回っていく。まだ高校生の息子を二代目のリーダーにするひまもなく……。

人間、死んでしまったら、ゴミかホコリみたいなものだ。この世に生きつづけている人間の前では、死者はほんとうにちっぽけな存在だ。それぐらい生者は傲慢《ごうまん》な存在だ。

たぶん、死の瀬戸際でおれはその真実を悟ることになるんだろう。地球は、生きている人間のためだけに存在するんだ、という冷徹な真実を。

ヒネているかね、こんな考えは。

まあ、死者に弔いの言葉は届かないと言いながら、おまえに向かって書いていることじたいが矛盾しているんだけどね。じつは、おまえに問いかけているようでいて、自問自答なんだけどな。

ともかくおれは、生前葬の実施をますます真剣に考えるようになった。おまえが生きていたら、間違いなくそのプロデュースを頼んだろう。でも、下村次郎亡きあと、おれがそうした思いを相談する相手は……おまえは知ってるよな、小倉《おぐら》さゆりだった。おれの九人目の愛人だ。

第三章は、そのさゆりに向かって話すつもりで書いていこうと思う。なにしろつぎの章では彼女が主役になるのだから。

第三章　それを行なう正しい理由

小倉《おぐら》さゆり――

おまえから不思議な質問を受けたのは、下村次郎の死から二カ月経った、去年の暮れのことだった。場所は横浜馬車道《ばしゃみち》にあるカフェだった。

十二月といっても、あいかわらずの暖冬だったから、きょうのように冬晴れで風のない日には、外のテラス席もけっこう埋まっている。ふたりともコートを着たままテラス席の一角に座り、そろってタバコを吸っていた。

モトミヤ精工本社とおれの自宅がある厚木からここ馬車道までは、私鉄と地下鉄を乗り継いで四十分ほどだ。幕末に置かれた関内《かんない》の外国人居留地から横浜港まで、『異人』が馬車に乗って行き来していたことから、この一帯の道路は馬車道と呼ばれるようになった。

明治に入ってからは日本初のガス燈が立ち並び、日本人向けの初の乗合馬車が東京まで四時間で走るようになり、日本初の街路樹が整えられ、日本初のアイスクリームが『あいすくりん』の名で超高値で売り出され、日本初の写真館ができて、日本初の日刊新聞が発行されたのも、ここ馬車道で、日本初づくしの町として有名だ。

東京の下町に住んでいたおまえが、「私のためにマンションを買ってくれるなら、ここがいい」と決めるまでは、同じ神奈川県内でありながら、あまりきたこともない場所だった。そもそも、おれは横浜というところに、あまり目が向いていなかった。大きな街に出る必要があるときは、いつも東京だった。厚木からは小田急線一本で新宿まで出られるし、重要な仕事先も、ほとんどが東京都区内に集中していた。

だが、さゆりのおかげで、いまではおれはすっかり横浜という土地に馴染んでいた。こうやってみると、東京よりずっといい街だ。ふっと見上げた空に、海鳥が舞っていたりするのもいい。遠くから汽笛が聞こえてくるのもいい。そんな横浜の中でも、とくに馬車道界隈が好きになった。まあ、おまえがここを好きだから、おれもそうなったわけだけれど。

去年の冬の段階で、おれは五十六歳、おまえは三十三歳だったから、ほとんど二回りも違うことになる。本来なら「娘のような歳」と表現できるところだが、おれの娘はまだ中学生だから、若い愛人ではあるけれど、娘の世代とつきあっている感覚にはならないところが、ちょっと救われている部分かな。

冬晴れの舗道に目をやりながら、しばらくたがいに無言でタバコをふかしながら、おれは、さゆりとの出会いを思い出していた。

この時点からちょうど四年前の冬、おまえがまだ二十九のときだった。精密機械業界のパーティーが都心のホテルであったとき、コンパニオンとして会場にいたのがさゆりだった。おれから目をつけたわけじゃない。珍しいことに、その逆だった。

昔からしゃべるのは得意だったせいか、おれが行なったスピーチがバカウケで、会場の爆笑を何度も誘っていた。お供でやってきたうちの秘書が、社長のオレをヨイショするつもりか、熱心にビデオを撮っていたりしたから、よけい張りきったんだけどね。そしてスピーチを終え、壇上から降りたときに「おもしろい方なんですね」と、新しい水割りのグラスを差し出しながら話しかけてきたのが、さゆり、おまえだった。

年配のじいさんが多い中で、当時まだ五十二だったおれは、相対的に若々しくみえたのかもしれないが、ウソかまことか、「本宮さんに一目惚れしちゃいました」と、おまえは言ってきた。

思えば、その一言からおまえは新鮮だったよ、さゆり。「社長」とか「社長さん」と呼ばれることに慣れきっているおれにとって、初対面から「本宮さん」と呼びかけてくる女なんて、病院の女医ぐらいだよ。あはは。なのに、おまえは当然のように「本宮さん」だった。会場のコンパニオンとしてきているだけなのにな。

日本人は、相手の名前よりも先に肩書きを覚えるというが、その逆なのが、ほんとうにフレッシュだったよ。

本宮さんに一目惚れしちゃいました、か……。そう言われれば悪い気はしないが、おれもダテにこの歳まで遊んできたわけではない。口先だけの誘惑に乗ってみたら、かえってあざ笑われて馬鹿を見たという経験もイヤというほどしてきている。また、愛人を囲った経験も二度や三度のことではない。それに、こう言ってはナンだが、おまえの第一印象はそれほどインパクトのあるものではなかった。だから内心では、おれを軽くみるなよ、と思っていたのだが、気がつくとおまえの虜《とりこ》になっていた。

さゆり、おまえは不思議な女だ。顔もスタイルもそこそこで、外見で五つ星を満点とするなら三つ星ランクだ。だが、おまえの話術におれは引き込まれた。話術といっても、クラブのママのようなお愛想の社交辞令を連発するような女には、おれはさして惹《ひ》かれない。だがおまえは、決しておしゃべりではない。それでいて、ドキッとするようなことを淡々とした口調で言ってくる。普通の女なら、心に思っているだけで口には出さないようなことも、ハッキリと口に出す。

何度か食事をともにするうちに、そこが小倉さゆりという女の最大の魅力だと確信した。おまえは心に何かを隠すことがない。それなのに、決して口に出す言葉が毒舌ではなく、穏やかなのだ。こんな女に、おれはいままで出会ったことがなかった。

正直に告白すれば、おれはさゆりに出会うまで、過去八人の女を愛人という立場に置いた。八人だぜ。すごいと思うか？　いやいや、いずれも長つづきしなかったから、それだけの人数にのぼってしまうんだがね。

なぜ、長つづきしないのか。相手の女を、すぐイヤになるからだ。顔とか身体の問題ではない。金の問題でもない。金はけっこうせびられたが、それはこっちも承知の支出だからいいのだ。何が問題かというと、会話が空虚なんだ。軽いし、ウソにまみれているんだ。それが不愉快で、愛人にしてはすぐに切っていった。

世の中には軽薄な女が多い。言葉だけで男を騙せると思っている女が多すぎる。おれがこれまで、とりあえず愛人と認定した八人の女に共通した態度を、おまえに教えておいてやろうか。

愛人を作るということは、女房を裏切ったということだ。愛人側も、もちろんそれを承知している。そして、その一点において、本宮直樹という男をバカな男だと見くびっている。妻をほったらかしにして愛人を作る男なんて所詮バカだと、自分がその愛人になっておきながら軽蔑している。そこが短絡的だというんだ。キャバ嬢がキャバクラにやってくる男にお愛想ふりまきながら、内心で客の男たちを小馬鹿にしているのと同じ心理さ。

もちろん、おれもほめられた義理じゃない。しかし、なぜおれが外に女を作るのか、切っても切っても、なぜすぐ新しい女を作るのか、そこまで見ようとする愛人はいなかったな。ひとりもいなかった。

　おれが性懲りもなく愛人を作りつづける理由。それは家庭で孤独だったからだ。仕事仕事で毎日追われ、そのおかげで家庭の中では格別の存在感もなく、収入源として以外は、夫としても父としても必要とされず、そのため妻にも子どもたちにも愛情を注げず、もちろん逆に愛情も注がれず、家族の中で浮いていた。

　その孤独を癒したくて、心の通じあえる会話を求めたくて、おれは外に女を作った。だが、女たちはみな、そんなおれの目的を誤解した。身体が目的なのだろうとか、社長として成功すると、男の人はみんなこれなのよねえ、などと笑い、そしてチャラチャラと浮ついた会話だけで間を保たせようとしたのだ。それでは酒を飲みながらホステスと騒いでいるのと何の変わりもない。それで愛人の義務を果たしていると考えるほうも甘いんだよ。おれに言わせりゃな。

　ところがさゆり、おまえだけは違っていた。だから、その冬の時点で四年もつきあってこられたのだ。


「ねえ」

タバコの煙を吐き出しても、そこに白い息は混じらない。それぐらい暖かい冬の日射しの中で、おまえはポンと切り出してきた。

「涼子《りょうこ》さんの、どこが好き？　涼しい子と書く涼子さんは」

びっくりしたよ。急に何を言い出すのかと思った。「奥さんの、どこが好き？」という質問でも驚いただろうが、涼子という名前を出してきたので、おれは目を丸くした。しかも、どういう漢字を書くのかまで知っている。四年のつきあいで、女房の名前を出した覚えなどまったくないのに。

だからおれは、すぐにきき返したよな。

「ちょっと待て。おれの女房の名前をどこで調べた」

「どこで調べた、は、ないと思うな。私、知りたければ本宮さんに直接たずねるわよ。コソコソと探偵みたいに秘密で調べたりしない」

「じゃあ、どこで知った」

「自分で言ったじゃない」

「おれが？　寝言でか」

「奥さんの名前、寝言に出すほど愛してる？」

「……」

痛いところを突かれて、おれは黙った。

「わからない？　最初に本宮さんに会ったときよ」

それでも、まだおれはピンとこない。

「私たちが出会ったときのパーティー。あのとき、本宮さんが面白いスピーチをしたでしょう？　会場で大ウケだった。その中で、奥さんの名前を出してこう言ったのよ。『うちの女房の名前は、涼しい子と書いて涼子というのですが、これがまあ、名前のとおりいつも涼しい顔をして、ダンナにキツイことを言ってくれるんです』と」

「ああ、そうだったかな……言われてみれば、たしかに」

おれは感心するほかなかった。四年も前のスピーチの、たったワンフレーズを覚えているなんて。つまりその時点で、相当おれに興味をもって注目してくれていたわけだ。まあ、悪くはない気分だな。

「じゃ、謎が解けて納得したら、最初の質問に答えて」

「女房のどこが好きか、だって？　そうだな……」

気の利いた答えをしようと思って、おれは少し考えた。

「愛人の存在を感づいていながら、何も言わずにほうっておいてくれるところかな」

「それは、もう涼子さんのことを好きではない、という意味？」

「そういう意味にとってもらってもかまわない」

「だったら、過去形でたずね直すね。涼子さんのどういうところが好きだった？」

さゆりは、いつもこうやって、答えたくない質問をはぐらかすことを許してくれない。仕方ない、二十年ほど前の結婚当時の心境を考えてみるか。おれが三十六で、十歳違いの涼子が二十六だったときのことを。そして、涼子を「好きだった」ときのことを。

たしかにいまがどうであれ、結婚すると決めたときは女房のことを愛していた自分がいたはずだ。理屈からいけば、そうなる。見合い結婚だが、自分で決めた以上、必ず恋愛感情はあったはずだ。だが、思い出そうとしても、その種の気持ちがあったという記憶を呼び戻せない。答えが見つからないのだ。

そして、とりあえず……そう、まさにとりあえずという感じでこう答えてみた。

「地味なところだな」

「地味？　それが好きなところ？」

おまえは意外そうに眉をひそめた。

「ああ、そうだよ」

「どうして地味な女の人が好みだったの」

「その前に、どうしてそんな質問をするのか教えろ」

「その前に、私の質問に答えて」

「その前に……」

と、やり合おうとして、さゆりに論戦で勝とうとするのは時間のムダだと気がついた。まったく不思議な女だよ、おまえは。理屈っぽくないのに、おれをねじ伏せるのが得意なんだから。しょうがない。おれは答えた。

「地味な女が好きな理由は、ただひとつ。わずらわしくないからだ」

「派手な女だとわずらわしいの？」

「そうじゃなくて、涼子の地味さというのは、おれの生き様に介入してこないところなんだ。そこが助かる」

ぬるくなりかけたコーヒーを一口飲み、目の前の舗道を行き来する人々に目をやりながら、おれはつづけた。

「こんなことを言うと、おまえはおれという男に幻滅するかもしれないけど、結婚当時のおれは、オヤジが潰した町工場をもう一度再生しようと一心不乱で働いていた時期で、家庭がどうのと言ってる余裕はなかった。けれども子どもは欲しかった」

「後継ぎとして、ね」

「そのとおりだ。それじゃ奥さんは子どもを産む機械にすぎなかったわけね、などというつまらん批判は聞きたくないが」

相手の言わんとするところを先取りしたつもりで、おれはそう言った。

「で、さゆりは、なぜこんな質問をしてきたんだ」

「想像してみて」

「わからん」

「じゃ、答えるね。結婚したときに相手を好きになった理由は、その相手の本質的な長所だと思うの」

「なるほど。……で、女房の長所をさゆりが知ってどうする」

「そうじゃなくて、いまのは例題」

「例題？」

「そう、つぎがほんとうの問題よ。私を好きになった理由は？」

「……」

　しばらく黙ってから、おれは問い返した。

「つまりそれは、おまえの長所を言えということか？」

「そう。自分の長所って、自分ではわからないから」

「言葉にウソがない」

　すんなり、答えが出た。

「そこが好きだ」

　おれの答えに、おまえは明らかにびっくりしていた。

「どうした？　そんな答えが返ってくるとは夢にも思わなかったという顔をしているな」

「……うん」

めずらしくさゆりの瞳が潤んだ感じになっていた。

そんなにおれの答えに感激したか、と口まで出かかったが、かえってそれは野暮だと思い、逆にこっちから同じ質問を返すことにした。

「じゃ、おれのどこが好きになった？　おれも自分の長所が知りたい」

さゆりは笑った。いままで見せたことのない、可愛《かわい》い笑いだった。

「私が本宮さんを好きになったのは、意外に本をよく読む人だったから」

「……」

こんどは、おれが目を丸くする番だった。

たしかにおれは読書家かもしれない。社長業で忙殺される合間を縫って、時間があれば本を読みふける。小説、ノンフィクション、実用書とジャンルは問わない。寝る前も必ず本を読む。それが一種の睡眠薬だった。さゆりと愛し合ったあとも、ベッドでその習慣は変わらない。

だが、それを「好きになった理由」として挙げられるとは思わなかった。

「私ね」

タバコを消し、ホットレモネードをロングスプーンでかき回しながら、さゆりは言った。

「本を読まない男の人は信用できないの」

「そうか……」

そのとき、唐突におれの心に閃《ひらめ》いたものがあった。

「なあ、さゆり。ちょっと聞いてほしいアイデアがあるんだ。じつはおれ、生前葬をやろうと思っているんだよ」

「生前葬？」

いぶかしげに問い返すおまえに、おれは大塚綾子先生の講演をヒントに『生きてるうちに、さよならを』というコンセプトのパーティを開こうと思い立ったこと、そしておまえも知ってのとおり、下村の葬儀におけるひとりよがりの弔辞に腹を立て、大騒ぎを起こしたことなどを話したうえで、こう言った。

「下村の葬式のときみたいな、自己顕示欲の強いやつからの弔辞なんか、おれは死んでも聞きたくない。そういう意味でも、自分の葬式を演出したい気持ちはあるけれど、生前葬の目的は、それ以外にもいろいろだ。自分の人生の総括という目的で開く生前葬もあれば、余命いくばくもなしと知らされた本人のお別れ会の趣旨で開かれる生前葬もある。でも、大塚先生によれば、やはり人生のリセットという意味での生前葬がいちばん多いそうだ。おれは大塚先生と同じ、ちょっとひねったタイプの『人生の再会』をテーマにした生前葬を開こうと考えていたが、やっぱり思い直した。単純明快に、人生のリセットを目的とした生前葬にしようと思う」

そしておれは、一気に畳み込んだ。

「さゆり、このままずっと、おれといっしょの人生を歩んでくれ。結婚という形式は必要ない。女房と別れる必要もないし、おまえの存在をみんなに知らせる必要もない。ただ、おれの生前葬の趣旨がここにあるということを、おまえにだけは事前にわかっておいてほしいから、ハッキリと言う。さゆり、おれはおまえを愛している。小倉さゆりなしの人生はもう考えられない」

カフェのテラス席でこんな告白をする人間などいないかもしれないが、おれは、思ったことを率直に口に出すおまえの長所を真似て、包み隠さずに打ち明けた。

「おれは精神的に女房ときっぱり切れることにする。子どもたちは別だが、女房とはもう他人のつもりで暮らす。向こうがそれを察して離婚を切り出してきたら、それにも応じるつもりだ。だが、なにもわざわざ最初からその意思をおおっぴらにすることはない。ただ、おれとおまえだけが真の目的を知っている生前葬をやっておきたいんだ」

「……」

おまえは黙りこくった。それはそうだろう、こんな話を突然聞かされて、それはいいアイデアね、と喜ぶようなさゆりでないことは百も承知だ。そして、そういう女だからこそ、おれは好きなんだ。

「おまえはおれのプランを聞いてくれるだけでいい。賛成とか反対は求めない。年が明けてから準備にとりかかり、冬も終わった三月ぐらいがいいかな。春は人生の再スタートにふさわしい。そのときに行なう本宮直樹の生前葬には、そうしたおれの気持ちが込められていることを知っておいてくれ」

そこまで語り終えると、おれは灰皿に置いてあったタバコを取り上げた。灰のほうが長くなっていて、持ち上げたとたん、ポロリとそれが落ちて短くなった。

短くなっても、おれの指の震えがタバコに伝わっているのがわかった。唇に持っていくと、こんどは唇の震えも伝わって、先端が上下に揺れた。

どんな場でも「アガる」ということを知らないこのおれが、異様に興奮して震えていた。そんなおれを、おまえがじっと見つめているから、震えがなかなか収まらない。

しかし——

このあとのおれに襲いかかる運命を知っていたら、きっと震えはこの程度で収まるはずもなかったのだ。

第四章は、誰にともなく、問わず語りにまとめていこうと思う。

第四章

花の香りのする夜に

　私が、小倉さゆり以外に、生前葬の企画をもちだした最初の人間は、モトミヤ精工で秘書室長を務める志村勉《しむらつとむ》だった。彼は十数年にわたって私の秘書を務め、定年となる還暦を過ぎても特別措置で正社員をつづけさせているベテランだった。彼に趣旨の説明をしたのは、さゆりにプランを打ち明けてからしばらくした、年の瀬も押し迫った時期だった。

　大塚綾子先生式の『生きてるうちに、さよならを』パーティーだと、招待リストの作成だけで大変なことになる。なにしろ現在は連絡もとれていない、自分の人生と交錯した過去の人々をすべて洗い出していかなければならないからだ。大塚先生のようにメディアの協力がなければ、いくら私が一部上場企業の社長であっても、それは準備に相当な時間と困難を伴う。

しかし、コンセプトをガラッと変えて、人生のリセットとしての生前葬を行なうならば、基本的にいまの人脈をベースにして考えればよいのだから、これは楽なものだった。基本的に社長主催の通常のパーティーを行なうのとなんら変わりがない。だから志村に事務作業を依頼すれば、準備はかんたんに進むだろうと思っていた。

ところがそうではなかった。これまで私の指示には一切そむかず、命令された業務を黙々とこなしてきた志村が、真っ先に反対の意思を表明したからである。

「社長のご意向はよくわかりました」

社長室に呼ばれて、おれと一対一で向かい合った志村は、年齢相応のシワが刻まれた顔に穏やかな表情をたたえて言った。

「人生のリセットのためのパーティーをお開きになりたいという趣旨はじゅうぶん承知いたしました。しかし、それを生前葬という形でおやりになるのは、私は反対です」

「なぜだね」

思わぬ反対に、私はたぶんムッとしていたと思う。理由を問い質《ただ》す口調がきついものになっていた。

「中身がどうであれ、葬儀という形態だから反対なのです」

「葬式じゃない。生前葬だぞ」

「同じことだと思います」

　銀縁メガネの奥で瞳を光らせて、志村はまっすぐ私を見つめてつづけた。

「社長のご意向がどこにあろうとも、生前葬を執り行なうと表明した段階で、社長は過去の人間になってしまいます」

「まさか」

　私は、無理に笑った。

「健康診断でも問題はないし、会社の業績は好調だし、まあ、先日はおれが友人の葬儀でつまらぬ騒ぎを引き起こして週刊誌やワイドショー沙汰になったが、かえっておれの行動に賛同が広がって、社会的な評価も落とさずに済んだ。むしろ称賛の声を多数もらったほどだ。モトミヤ精工の現在に隙はない。そうした余裕があるからこそ、生前葬ができるんだよ」

「それは社長のお考えであって、世間はそうは受け取りません」

「じゃ、どういうふうに受け取るんだ」

「本宮直樹は終わった、と、そういう印象で受け止めるでしょう」

「なに……」

「語弊があるのを承知で申し上げます。生前葬とは引退を決意した人間がやるものです。本人が生きているか死んでいるかの違いはあっても、葬式は葬式なのです。生前葬は、社会の第一線から退くという意味では、社会人としての葬式です」

「何を言ってるんだ」

私はムキになった。

「おれの説明をちゃんと聞いていたのか。これは人生のリセットのためにやるものであって、ご隠居さんになる表明ではない」

「社長は、いまのモトミヤ精工に隙はないとおっしゃいましたね」

「ああ、言ったよ」

「リセットというものは、とりあえずいまの人生がうまく行っていない者がやることですよ。隙がない企業のトップがやることではありません」

「………」

「もしもここで社長が生前葬の開催を表明されたら、おそらく我が社の株価は下落の一途をたどるでしょう。なぜなら、憚《はばか》りながら我が社にはまだ確固たる後継者の存在がないからです。我が社は一部上場企業でありながら、本宮社長のワンマン経営です。もちろん、いい意味でのワンマンと申し上げております。その絶対的なカリスマ性をおもちの創業者本宮社長が生前葬を執り行なうと発表された時点で、まず社内での求心力はあっというまになくなるでしょう」

「おれに、求心力がなくなるだって？」

「そうです。ご長男はまだまだ高校生、お嬢さまに至っては中学生ですから、世襲の話は先のまた先です。では、いったい誰が社長の後を継ぐというのでしょう」

「バカ言うな。おれはまだ当分引退しないぞ」

「生前葬を発表された時点で、引退も同然です」

あくまでも志村は同じ主張をつづけた。

「社内では、ただちにポスト本宮を模索した動きがはじまるでしょう。そして、あらぬ噂《うわさ》も立ちはじめるに違いありません」

「どんな噂だ」

「社長のご病気です。何か重大なご病気が発見されたからこそ、生前葬を行なう気分になったのだ、と、こう受け止められるに決まっています」

「冗談じゃない。おまえも参加していただろう、この秋に行なわれた大塚綾子先生の講演会に」

「『生きてるうちに、さよならを』ですね」

「そうだ。あれがヒントになっただけであって、病気など関係ない」

「何度でも申し上げますが、社長、ほんとうのきっかけがそこにあっても、世間はそうはとらないのです。私も社長より歳をとっているぶん、自分の葬式に関していろいろ考えを及ぼしたことがあります。生前葬についても興味をもって調べたことがありました。ですから申し上げますが、こういう解釈があることをお忘れにならないでください。いったん生前葬を挙げた以上は、その主役は世の中の表舞台から去らねばならない、と」

「誰がそんなルールを決めた」

「ルールというよりも、招かれた側の気持ちを考えれば明らかです。生前葬を行ないながら、そのあともいままでどおりバリバリと仕事をこなされたら、あれは遊びだったのかということになります。社長が芸能人とか、文化人とか、思想家だったら、そうした風変りなことをやっても理解を得られるかもしれません。けれども一級の経営者でいらっしゃる社長が、しかも健康体でいらっしゃるのに、ひとりよがりの生前葬などされるべきではありません。逆に言えば、それをおやりになったなら、その日を境に第一線から引退なさるべきです」

「じゃ、どうしろというんだ」

「かんたんなことです。生前葬のプランはお取りやめになればよいだけの話です。いまの社長に、人生のリセットをする必要などまったくないのですから」

「……………」

「それとも、世間にリセットをアピールする特別な事情がおありですか」

志村に突っ込まれて、私は答えに窮した。とっくの昔に小倉さゆりの存在に気づいている志村にだって、人生リセットの真の目的は話していない。そんな狙いで生前葬をやるとバレたら、それこそ大騒ぎだ。生前葬の真意は、あくまで私とさゆりだけの秘密にしておかなければならなかった。

だが、忠臣・志村の思わぬ反対にカッとなってみたものの、少し冷静になって考えれば、彼の主張は正当だった。株価の下落、重病の噂、引退宣言という誤解、社長の権威喪失、権力闘争の勃発――生前葬をきっかけとして、好ましくない事態がつぎつぎと起こる可能性は、たしかにあった。

「わかった」

最終的に、私は提案を引っ込めざるをえなかった。

「考え直してみよう」

生前葬をあきらめたあと、家庭を顧みない私にとって、じつに珍しい年末年始の家族旅行が待っていた。一家四人のグアム旅行だった。

それを計画したのは妻の涼子だった。家族揃《そろ》っての海外旅行など、ここ何年もやっていなかったが、そのプランを十二月の初めに聞かされたときから、ずっと私は気乗りしないでいたのだ。

まず第一に、グアムという場所が気に入らない。曲がりなりにも私はモトミヤ精工の創業者であり代表取締役社長だ。その社長一家が年末年始に出かける先が、ヨーロッパでもなければニューヨークや西海岸でもなく、ハワイでもなく、平社員が週末を利用して行くような『安・近・短』のグアムとは、社長の沽券《こけん》に関わるではないか。

第二に――こちらのほうが大きな理由だったが――ただでさえ家族の中で浮いている私が、家族と旅行などしても、おたがい楽しい思いはしないだろうと思うのだ。だから、一度は断った。行きたければ、涼子と子どもたちの三人で行ってきなさい、と。

だが、いつになく涼子が自己主張をした。息子の敬《たかし》が高校二年、娘の澪《みお》は中学二年で、それぞれが来年に受験を控えている。そして敬も大学に入ってしまえば、きっともう家族旅行などに興味を示さなくなるだろうから、家族四人が揃って旅行できるのも、これが最後のチャンスかもしれない、と……。

そこで『最後』などという言葉を使われると、ちょっと引っかかってしまうのだが、涼子の言い分もわからなくはなかった。そこで私は、せめて行き先をハワイかロスに変更しようと提案したが、涼子は、ただでさえ年末年始は旅行代金が高いのだから、グアムで十分だという。

けっきょく私は最終的には妻の言いなりになって、十二月三十日から一月二日までの三泊四日でグアムへ家族旅行に出かけることにした。涼子は、飛行機に乗っている時間もたいして長くないから、チケットもエコノミーでいいと私に無断で手配をしていたが、さすがにそれはビジネスクラスに変えさせた。

その機内で妻と隣り合わせに座ったが、案の定、グアムまでの短いフライトのあいだでさえ、夫婦の会話が弾むことはなかった。後ろの席に並んだ子どもたちも会話がなく静かだった。いったい、こんな調子で楽しい家族旅行になるのだろうかと、スタート段階から私は浮かない気分になっていた。

しかし、私は推測が甘かった。この家族旅行は、たんに盛り上がらないというだけでは済まないショッキングな展開が待ち受けていたのだ。

私たち一家四人は、夕方にグアムに到着すると、ホテルのチェックインを済ませてから、ガーデンレストランで遅めの夕食をとることにした。レストランそのものがビーチと一体化した場所にあり、テーブルの下はすでに白砂である。

　たいまつの炎がいたるところに燃え、いかにも南国の夜らしい雰囲気を醸し出していた。夜遅くなっても空気は生ぬるく、頬《ほお》を撫《な》でる風に甘い花の香りが混じっていた。そして、波の打ち寄せる音が間断なく響く。ＢＧＭとして音楽もかかっていたが、自然の潮騒を殺さないようにボリュームは控えめだった。

　レストランはバイキング形式だったが、すでに九時を過ぎていたので、だいぶ客も減っており、隣り合った円卓はすでに空席になっていた。

　私は食が進まず、南国のフルーツを少しだけ皿に取って、ビールを飲んでいた。妻の涼子はもっと食欲がない様子で、料理はまったく取らずに、ノンアルコールのトロピカルドリンクを飲んでいた。子どもたちはローストビーフなどの肉料理を中心に皿いっぱいに盛ってきたが、父親と母親が陰鬱な顔で、ほとんど何も食べずに黙りこくっているので、仕方なく、彼らも会話なしに黙々と食事を口に運んでいた。

　アウトドアにあるレストランなので、テーブルは禁煙ではなかった。そこで私は手持ちぶさたを紛らわせるために、タバコを吸った。煙を吐き出してみて、初めて夜風が思いのほか強くなってきていることに気づかされた。海岸に目をやると、砂浜まで押し寄せては砕ける波の白さが目立つ。

寄せては引き、引いては寄せる波のリフレインをボーッと眺めていると、突然――

「ねえ、パパ。煙がこっちにくるからやめてよ」

娘の澪が、食事の手を休めて、いかにも嫌そうに顔をしかめて言った。

この子は、家にいるときは二言目には「パパはタバコ臭い」を連発する嫌煙派だが、なにもこんな開放的な環境にきてまで、いつものセリフを吐くことはあるまいと、私もいささかムッとした。

「ここはビーチだぞ。外なんだ。タバコを吸ってなぜ悪い。文句あるんだったら、パパと席を交代しよう」

「やだ。めんどくさいから」

ブスッとした声で言うと、娘はうつむいて、またフォークを動かしはじめる。すると、こんどは息子が、やはりうつむいて食事をしながら言った。

「社長さんは偉いんだから、しょうがないよ。ガマンしようぜ、澪」

カチンときた。タバコを灰皿ではなく、料理皿に押しつけると、私は凄みを利かせた声で言った。

「なんだ、その言いぐさは。え、おい、敬、澪。おまえたち、一年の最後の最後まで親に反抗するつもりか」

しかし、息子も娘も私と目を合わそうとせず、黙々と食事をつづける。

「おい、父親が注意しているんだぞ。ちゃんと人の顔を見ろ」

すると、隣に座る涼子が眉をひそめて割り込んだ。

「パパ、こんなところまできて、やめて」

「やめて？　やめるもんか。だから言ったじゃないか、涼子。家族の中でおれがいないほうが盛り上がるんだったら、そうしろと。おまえら三人でくればよかったんだよ。それをどうしても家族四人でというから、仕方なくつきあってやったら、このザマだ。これこそ時間と金のムダだろうが。仲のいい家族ごっこなんて、もう無理なのはわかっているんだから」

「そんなにムキにならないで、ひとこと私の話を聞いて」

「なんだよ」

怒りのため息を聞こえよがしにつきながら、私は新しいタバコに火を点けようとした。が、夜風がますます強くなって、ライターの炎がすぐ消えた。チッ、と吐き捨てて、ライターとタバコの両方をテーブルにほうり出した。

「あのね」

投げ出されたライターを見つめながら、涼子が言った。

「あなた、今回の旅行、どうせ行くなら、せめてハワイかロスにしようと言ったわね」

「ああ、グアムは若者か平社員の家族が行くところで、モトミヤ精工の社長一家が行くようなところではない」

「私たちの新婚旅行、どこだったか覚えている？」

「え？」

「結婚当時は、工場の経営がうまくいくかどうかもわからずに不安がいっぱい。長い旅行をしているヒマもなかったし、貯金もほとんどなかった。だから私は、近くの温泉に一泊だけでもいいし、新婚旅行なんかなくてもいいと言ったけど、あなたは一生に一度のことなんだから海外にしようと、グアムを選んだのよ。今回と同じように三泊四日で」

「………」

「私は長野の出だから、ふだんから海を見る機会が少なくて、南の島に行けることがすごくうれしかった。夢のようだった。もう二十年も前だけど、いまでもその四日間の興奮は忘れない。一日一日の朝昼晩が、昨日のことのように鮮やかに思い出せるの。だから、この島は私にとって大切な思い出の場所。そこへ敬や澪を連れていってやりたかった。敬は去年、ここに高校のサマーキャンプできているし、澪だって、そのうち友だち同士で泳ぎにくることもあるでしょうよ。だけど、家族できたかったの。パパとママは、新婚旅行でここにきたんだよ、って、この子たちに思い出の場所を見せたくて」

なんということだ。

おれは、ここが涼子と訪れたハネムーンの島であることを完全に失念していた。グアムに家族で行こうともちかけられたときにも思い出さなかったが、こうやって現地にきてもなお、その事実を忘れていた。

いくら妻に対する気持ちが冷め切っているとはいえ、いくら二十年前のこととはいえ、そして、いくら小倉さゆりという愛人に夢中になっているとはいえ、あんまりというものだった。しかも私は、そんなところは社長一家が行くところではない、とまで言いきったのだ。

さすがに私は、自分をひどい男だと思った。敬と澪も、反抗的というよりも非難するような眼差《まなざ》しで父親を見ている。その視線に対して、先ほどのような説教めいた口は利けるはずもなかった。

言い訳のしようがなくて押し黙っていると、涼子は、なぜか急に明るい声を出して、こう言った。

「ここに家族できたかった理由は、もうひとつあるの。みんなにとても大切な話をしたかったの。暗い話だから、できるだけ楽しい場所で打ち明けようと思って……。私ね、もうすぐ死ぬの。もって一年。早ければ半年……ひょっとしたら、もっと早いかもしれない」

「なに？」

私は最初、悪い冗談かと思った。なぜなら、涼子は少しも悲しそうではなく、明るい表情で笑顔すら浮かべているからだ。

子どもたちも、私に向けていた視線をこんどは母親に向けて、ポカンとしていた。彼らも母親の口から出た言葉をすぐに理解できない様子だった。

「ママ……ウソだろ」

息子の敬が言った。

娘の澪は声も出ない。

「おまえ……」

けっきょく、夫である私が問い質していくよりない。

「いま『もうすぐ死ぬ』と言ったのか」

「そうよ」

「もって一年、早ければ半年以下？」

「ええ」

「それはつまり、医者の診断ということなのか」

「もちろん」

「どこが悪いんだ」

恐ろしくて、『あの病気』だろうと思っても、病名を口に出せなかった。

「どこかと言われても……一年前なら、どの内臓が悪いと特定できたかもしれないけど、いまはそこらじゅうだから」

「……」

その言葉に愕然《がくぜん》となった。そして私は妻の顔を、首筋を、サンドレスの襟《えり》から覗《のぞ》く胸元を、腕を、手の甲を見た。たしかに、この一年でずいぶん痩《や》せてきたなという印象は、これまでも抱いていた。しかしそれは、純粋に精神的なやつれからきたものだと思っていた。すなわち、もう十年も十五年も夫が愛人を取っ替え引っ替えし、妻には愛情をまったく注がなくなっている暮らしに疲れきっているせいだと思っていた。

だから私は、妻に元の健康を取り戻してもらうためにも、おたがい人生をリセットし、必要があるならば離婚という展開になってもかまわない、と思った。そのほうが涼子のためでもあると、勝手にも思っていたのだ。ほんとうに自己中心的な解釈だった。

ところが、まさか肉体が蝕まれているせいだとは……。

「その診断は、ほんとうに信用できるのか」

問い質す私の声は震えていた。

「どこの医者で診てもらった。セカンドオピニオンは」

矢継ぎ早の質問に、涼子は依然として微笑《ほほえ》みながら、この病気に関しては、日本で最も権威がある医療機関の名前を口にした。

力が抜けた。

通常ならば、その手の重大な診断結果は、本人ではなく家族に、夫である私に医師から告げられるはずだった。しかし涼子は、まずは自分だけでその現実を受け止める選択をしたのだ。たったひとり、自分だけで。

「なぜ……」

最もナンセンスな言葉だと知りつつ、私は言わざるをえなかった。

「なぜ、おれに相談しなかった」

私はバカだ。そんな質問をするよりは、「なぜ気がついてやらなかったのだ」と自分を責めるほうが先だったのに。しかし、そんな的外れなおれの苛立《いらだ》ちにも、涼子は怒りもせずに静かに答えた。

「だって、パパはいつも仕事で忙しそうだから。それに、敬や澪にも心配をかけたくなかったし」

それだけ言うと、涼子は浮かべていた微笑を消し、私たち家族から視線をそらすと、夜の海辺のほうに目をやった。

花の香りのする風に、鬢《びん》のほつれ毛が弱々しく揺れていた。

娘の澪が、すすり泣きをはじめた。妹以上にお母さん子の敬は、歯を食いしばって星空を見上げている。波の打ち寄せる音と、強まる夜風にざわつくヤシの葉の音が、やたらと耳につく。

「ごめんね、澪、敬。あなたたちの大切な時期に、ママがこんなことになってしまって」

夜の海を見つめたまま、涼子が言った。

泣いているのか、いないのか、私たち三人から顔をそむけているのでわからない。いや、泣いていないはずがなかった。そして私も、涙をこらえるのに必死だった。

私のそれは、子どもたちのように、純粋な悲しみからくる涙ではない。自分に対する腹立たしさ、そして妻に対する申し訳なさが入り交じった複雑な涙だ。そのかたまりが涙腺というよりも、喉《のど》のあたりにこみ上げてきていた。

「すまない」

結婚してから二十年、おそらく初めて、私の口から妻に対する素直な謝罪の言葉が洩れた。

「ほんとうに申し訳ない」

「謝らないで。パパは悪くないから」

その一言で、ついに私は声を上げて、男泣きに泣き出した。

第五章

あの海と同じ海を眺めて

グアムに行く前と、そこから帰ってきてからは——つまり昨年と新年とでは、私の人生はガラリと変わっていた。

帰国した私を待っていたのは、年賀の挨拶の嵐だった。おめでとうございます、おめでとうございます、おめでとうございます——その連続に耐えきれず、もう少しで怒鳴り散らすところだった。おまえら、何がおめでとうございます、だ。皮肉を言っているのか、と……。

世間では、一月三日に行なわれた大塚綾子先生の『生きてるうちに、さよならを』パーティーが話題になっていた。しかし、いまとなってはその題名が、私の心に突き刺さる。自分を主役にして『生きてるうちに、さよならを』と銘うったパーティーをやってみてはどうかと気取っていたのに、この世を去ろうとする妻に向かって、本物のさよならを言わねばならなくなってしまったとは。

　十二月三十日のショックは、年を越しても当然のようにつづいていた。子どもたちもだ。ともあれ、私がしっかりするよりなかった。皮肉にも、こうした状況に遭遇して初めて、私は自分が一家のリーダーであることを認識した。それまでは会社のリーダーであることばかり意識していたのだが、いまでは家族のことが最優先になっていた。

　仕事始めの前日、私は秘書室長の志村と副社長の今泉《いまいずみ》を本社の社長室に呼んだ。そして妻の涼子がこうなったといういきさつを話し、社長として出席しなければならない業界の新年会など当座の行事を、すべて副社長の今泉に任せると伝えた。そして社長決裁の必要な案件についても、今泉に大半の権限を与えた。

　彼らは、涼子の病状にも驚いていたが、仕事一筋でやってきた私が、家族が第一で仕事を二の次にしようとする態度に驚いていた。自分の生前葬などをやらなくても、私は明らかに生き方をリセットしていた。

　妻を一年以内に亡くすかもしれないという事実だけでは、ワーカホリック《仕事依存症》の私がここまで急には変わらなかっただろう。大きな変化の理由は、罪の意識によるものだった。新婚旅行先を平気で忘れ、妻が余命いくばくもなしと診断されるような重病に冒されていたのに、その事実に気づかなかった自分の冷酷さと無神経さに対する罪悪感が、私を急激に変えようとしていた。

社員に向けた年頭の社長挨拶こそ自分でやったが、何をしゃべったのかうわの空だった。そして社業を副社長に託すと、なにはともあれ、妻の入院手続きをとった。

涼子は、しかし自分を診断した最高権威の病院に入ることを望まなかった。よけいな治療をせず、耐え難い痛みだけを緩和する終末医療施設《ホスピス》を選んだのだ。そして、伊豆半島南端にある終末医療専門施設に入ることになった。何カ所かある候補のうち、海の見える高台にあるからという理由で、涼子はそこを望んだ。

入所手配をすべて終え、そこに移ったのが一月の半ばだった。

あいかわらず首都圏は暖冬だった。まして伊豆の最南端は、とても一月下旬とは思えず、涼子が入所したその日も快晴で、春のような陽気だった。

私は涼子とともに、施設の見学がてら広大な敷地をゆっくりと散歩した。冬芝が植えられた庭は、そのまま太平洋に向かって突き出すような高台になっており、すばらしい眺望だった。もしもこの眺めが、涼子の心に作用して少しでも病気の進行を遅らせることができたらありがたいと思ったし、実際、そうした効果を期待したくなるほどの絶景が目の前に広がっていた。

しかし、現実は厳しい。医者の診断を知ってしまったから、ということもあるだろうが、さすがに涼子の痩せ方は、無神経な私の目にも尋常ではないと感じるレベルにまでなっていた。グアムに行ったときも痩せたなとは思っていたが、それでもサンドレス姿を痛々しく思うほどではなかった。だが、いまは冬の装いの上からも、明確に肉体の衰えがわかった。たった半月で、涼子の外見はずいぶん変わってしまった。その変化の速度に、私はおののいていた。

「あそこに腰掛けてもいいかしら」

涼子は、芝生のあいだを通り抜ける通路に置かれたベンチを指差した。

健康体の私は、ここでも無神経だった。妻が少し歩いただけでも激しい疲労を覚えるほどになっているのを、自分から気遣ってやることができずにいた。

私は妻の身体を支えながら、ベンチに腰掛けさせてやった。たったこれだけの動作でも、脇から支えてやらなければ、ふらついてしまう。自分より十も若い涼子が、老人のような立ち居振る舞いになってきた。可哀想《かわいそう》で、涙が出そうになった。

こみ上げてくるものを抑えながら、私も涼子の横に腰を下ろし、しばらくはいっしょに眼下に広がる海を黙って眺めていた。

遠くに望む、空と海を分ける水平線は湾曲して、地球が丸いことを改めて示している。海いちめんにダイヤモンドをちりばめたかと思うような陽光の照り返しは、まるで大自然の万華鏡だった。

ふと気がつくと、肩にショールを羽織った妻が、私の膝《ひざ》の上に片手を載せていた。それはごく自然な動作のようだったが、この二十年間の夫婦のあり方を考えれば、むしろ不自然なほど心を許したしぐさとも言えた。

その筋張った手の甲を見つめながら、私は、このふたりだけの空間で何を話せばよいのか戸惑っていた。しかし、無言のままで、ただ時の過ぎるのを待つだけでいいとも思えない。

「あのときも……」

私のほうから沈黙を破った。

「海の音を聞きながらだったな」

「そうね」

涼子が静かに答える。

「あの海とつながっているんだな」

「そうね。家族で行ったあの海と」

そうではないのだよ、涼子、と、私は心の中でつぶやいていた。

たしかに私はグアムの海を思い出していた。しかし、それは暮れの家族旅行で、涼子から衝撃の告白を聞かされたときの海ではなかった。新婚旅行のときの海だ。

私はようやく思い出していた。二十年前のハネムーンで、グアムの海辺を――やはり夜の海辺をふたりで歩いているとき、涼子から聞かされた一言を……。

「結婚してくれて、ありがとう」

それだった。

とくに私はその言い回しに深い意味を考えなかったし、その場でどういう意味かをたずねることもしなかった。ただ、二十年間忘れていたその言葉を、涼子が入所する前の晩に唐突に思い出したのだ。

そして、同じ言葉を私からも返さなければなるまいと思っていた。それがいまではないか、と、ベンチに並んで腰掛けながら考えていた。

だが、なんという自意識過剰な恥ずかしがり屋なんだろう。その言葉を口にするのが照れくさくて、言えないのだ。それを言えば、どれほど涼子が喜んでくれるかわかっているのに、口に出せないのだ。「おれのほうこそ、結婚してくれて、ありがとう」という言葉を。

「あのね」

けっきょく、おれが言い淀んでいるあいだに、涼子がまた口を開いた。

「ふたつ、お願いがあるの」

「なんだ?」

「お葬式はやらないで」

「……………」

「お墓も要らないから」

「なんで、そんなことを言うんだ」

「もうひとつのお願いは」

「ちょっと待て、涼子。なぜ葬式をやるな、墓は要らないというんだ」

「最後のお願いだから、理由はきかずに、そうして」

海から私のほうに向き直ると、涼子は静かに、しかし力強く言った。

「それから、もうひとつ。私に遠慮しないで、ちゃんとつぎのお嫁さんをもらって」

「そんな話をするなよ」

「ううん、ここで言っておかないと、あなたはきっと無理をするから」

「無理だなんて」

「あなたはモトミヤ精工の創業者で社長よ。しかも、まだ五十代の半ばよ。男やもめでは仕事がきちんとできないわ」

「いや、だいじょうぶだ。敬はこの春から高三だし、来年、大学に入ったらもう事実上の独り立ちだよ。澪だって、ずいぶんしっかりしてきているし、それに……ふたりとも、おまえ以外のママなんてありえないと思っているはずだ」

「あの子たちには、私から言い聞かせるからだいじょうぶ。あなたたちに新しい母親が必要なんじゃなくて、パパに新しい奥さんが必要なんだって、きちんと話して聞かせるから。そういう意味で、遠慮なく結婚してと言ってるのよ。子どもたちの面倒をみてくれる母親が必要だと思ってのことではないの。幸い、うちには子どものお弁当を作ったり、掃除や洗濯をやってくれるお手伝いさんを雇う余裕はあるんだし。でも、社長夫人という立場の人間は、お金で雇うわけにはいかないのよ」

「……」

「あなたが言うように、敬と澪にとっての母親は私だけでいいと思ってる。思春期のあの子たちに新しい母親を与えることは、かえってよくないわ。だけど、あなたには新しい妻が必要なのよ」

「そんなことはない」

「いいえ。後妻と継母は別ものよ。必ずしも一人二役をやってもらう必要はないわ。敬も澪もずいぶん物わかりがよくなってきたから、パパの再婚の必要性を私からきちんと説明すれば、必ず納得してくれるはず」

言葉がなかった。

ほんの一カ月前、私は小倉さゆりから、涼子さんのどこが好きだったかときかれ、地味なところだと答えた。おれの人生に介入してこないところが好きだと。そんな傲慢な夫なのに、涼子は妻として、ここまできちんとあとのことを考えてくれていた。正直、私は妻がここまで聡明な女だとは、夢にも想像したことがなかった。

本宮直樹という人間は、どこまで愚かなのか。

「ただね……」

涼子が、ふたたび海に向き直ってつけ加えた。

「愛人と奥さんは別と考えて。私のときがそうだったように。間違っても、いまの愛人を後妻に迎えたりはしないでね。それだけは約束して」

第六章　人間性が試されるとき

誰に読ませるでもないこの「本」も、第五章まで書き進め、第六章に入ってきた。この章は、またさゆり、おまえに向かって書くことにしよう。

おれは第六章の題名を「人間性が試されるとき」とした。それは、おれの人間性でもあり、おまえの人間性でもある。

涼子が限られた命しかないという事実は、最初に秘書の志村と副社長の今泉に伝えたが、さゆり、おまえにはなかなか伝えることができなかった。十二月にはおまえと人生の再出発を心に決めていたのに、一転して、涼子を中心に世界が動きはじめた。この変わり様をおまえの納得がいくように説明できる自信がなかったし、率直にいえば、涼子への罪悪感を償うことだけに意識が集中して、おまえのことをまったく思い出さない日も多くなっていたのだ。

さゆり、「愛」という定義は難しすぎて、おれにはよくわからない。しかし、おまえに対して感じていた愛は、非常にわかりやすい種類の愛だった。普通の恋人ではなく、不倫関係であったけれど、さゆりに対して感じた愛は、恋愛小説や恋愛映画に出てくる典型的な「愛」そのものだ。もちろん、その愛がさまざまな人間ドラマを生み出す複雑な要因となるのは当然だし、実際、あのままおれがさゆりに突進していったら、どんな小説や映画よりも劇的な展開が生まれていたかもしれない。しかし、それは普通の愛だった。

だが、二十年もの長い結婚生活を経て、初めて妻の涼子に対して感じた「愛」は、「好き」とか「慈しみ」とか「思慕の情」とか、そんなものを超越した愛だった。相手の命と引き換えに、激しい後悔と自責の念が生み出した愛だった。こんな感情が自分の心の中に存在することじたいに驚きを覚えるほど特別な愛だった。

逃げるわけではないが、おまえに対する愛とは、比較することができないまったく別種の愛なのだ。どういうふうにたとえたら、おれの言いたいことがわかってもらえるだろうか。プールの水と、海の水ぐらい違うと言ってもわからないだろうな。

まあいい。ともかく、鈍感で無神経なおれは、妻が近いうちにこの世を去るとわかるまで、夫らしい愛情を彼女に注いでこなかったし、感じてこなかった。ところが、まもなくこの女がおれの前からいなくなってしまうのだとわかったとたん、とめどない愛情がわき上がってくるのを抑えられなかった。遅すぎると嘲笑《ちょうしょう》されるのは覚悟の上で告白する。勝手な愛だと批判されたら、それも甘んじて受けよう。

だが、人から何と言われようと、いま涼子に感じている愛よりも強い愛は存在しなかった。

とりわけ、その愛の強さを深く感じたのは、涼子がホスピスに入所し、広大な海原を眺め下ろす庭のベンチで語り合った日のラストシーンだ。

寒くなってきたので、おれは涼子といっしょに建物の中に入った。この施設ではなるべく『病』の字を使わないようにしているらしく、通常の病院なら『病棟』と呼ばれる建物は『ハウス』と呼ばれ、『病室』は『ベッドルーム』とか『お部屋』と呼ばれていた。

涼子は他の入居者に気兼ねせず過ごせるように個室にしてやったが、そのことが、かえって孤独感を募るのか、その部屋でいっしょに過ごしているうちに、午後五時の面会終了時間が近づいてくると、涼子は急に淋しげな表情を募らせた。

冬の午後五時はもう真っ暗だ。窓越しに微かに聞こえる海鳴りが、暗さゆえにかえって恐ろしささえ感じさせる。昼間は冬の太陽をいっぱいに浴びてきらめく大海原を眺め、この景色が涼子の心にエネルギーを与えてくれるのではと期待していたが、夜になると一転して音だけの存在となる海は、部屋に不安を運んできた。

「じゃあな、時間だからとりあえず帰るけど」

と言った瞬間、それまで気丈にふるまっていた涼子が、はらはらと涙をこぼしはじめた。そして、うつむき加減に肩を震わせながらつぶやいた。

「帰らないで」

おれも切なさでいっぱいになり、涼子を抱きしめた。こうした行為そのものが、結婚直後を除けば二十年間で初めてだといってもよい。そして、パジャマ越しに感じる身体の細さに、また涙が出た。毎日抱きしめてやっていたら、こうした変化にも早く気がついてやれたのに、と。

しばらくのあいだ、ベッドの上の涼子と、そのそばに立ったままの姿勢のおれは、抱き合いながらおたがいに泣いた。窓ガラスには、そうしたおれたちの姿が反射して映っている。それを見ながら、これが他人事の光景ならどんなによいのに、と思った。

はっきり言う。さゆり、おれはこの段階でおまえと別れることに決めたのだ。もはや余命一年どころか、あと半年を期待するのもおぼつかない涼子に隠れておまえと会うことなど、人間として許されないと思った。理屈だけでなく、そうした気持ちにもなれなかった。馬車道のカフェでおまえに一種のプロポーズをしたときとは百八十度、自分の心情が変わってしまったのだ。

あのときの、いっしょに人生を生きようというおれの申し出に対して、おまえからはまだ明確な回答はなかった。結婚を前提としないプロポーズだったが、それを取り消すのは遅すぎるかもしれないぐらいだと思った。

そしておれは、涼子が入所した翌日、おまえと会う約束を取りつけた。夜よりも昼がいいと思い、おれはいつものカフェを待ち合わせの場所に指定した。だがおまえは、「部屋にきて」と、マンションで会うことを望んだ。何かを察している様子だった。

おれがさゆりのマンションに――といっても、おれの名義だが――足を運んだのは、新年を迎えてからは、もちろん初めてだった。前日の冬晴れとは一転して、横浜の上空は重苦しい灰色の雲に覆われていた。気温も本来の冬に戻って、コートを着ていても震え上がるほどの寒さだった。

別れ話を切り出すには、この天気は暗すぎると思いながら、おれは馬車道の駅から地上に出て、さゆりのマンションへと足早に向かっていた。

道すがら、こんな寒さで平日なのに、ガイドブックなどを手にした若者の姿がやたらと目についた。彼らには、ここは異国情緒あふれる横浜の観光スポットのひとつなのだろうが、おれにとって馬車道一帯は、もはや日常の一部分になっていた。そして、観光スポットにはふさわしくない、生活じみた人間臭い修羅場をこれから演じることになるかもしれず、おれは重い気分で観光客のあいだをすり抜け、マンションに急いだ。

さゆりの部屋のドアが、おれのために開けられた瞬間から、昨年暮れとは部屋の様子が一変していることに気がついた。その変化は、靴を脱いで部屋に上がる前から感じ取れたが、部屋の中に一歩踏み込んだとたん、さらに明確な形で、おれの目に飛び込んできた。あまりにも生活感がなくなっているのだ。原因はすぐにわかった。このマンションを買い与えてから三年と数カ月のあいだに自然と増えていたさゆりの私物が、ほとんどなくなっていた。家具についても、彼女が自分で買ったと思われるものは、ほぼすべて姿を消していた。

残っているのは、入居時に私が買い揃えてやったダイニングテーブル、ソファ、ダブルベッド、大型テレビぐらいだった。最初から作り付けになっていた収納家具を開けてみると、中には、ほとんど何も残っていなかった。あっけにとられた。部屋の印象は『引っ越し完了』というものだった。入ってくるほうではなく、出ていくほうの引っ越しだ。

ガランとしているぶん、フローリングの室内は思いきり冷え冷えとした感じだった。スリッパを履かずに上がったので、靴下を通して板張りの冷たさがこたえる。だからコートを脱ぐ気にもなれないし、外の寒気で赤くなった鼻の頭が、まだチリチリと痛かった。

いちおうエアコンは回っていたが、それはついさっきつけられたばかりらしく、空気は少しも温まっていなかった。さゆり自身も、おれより一足だけ早くやってきただけで、もはやここに暮らしていないのは一目瞭然だった。

「これは……」

おれはクスンと鼻を鳴らしながら、さゆりにたずねた。

「どういうことだ」

「涼子さん、大変なんでしょう？」

おれの面会の用件を先回りして、さゆりのほうからそう言ってきた。

「なぜ知っている」

「秘書室長の志村さんからきいたの。社長はこういう事情だから、社長から連絡があるまで、きみからコンタクトを取るのは少し控えてくれ、って。社長の精神的なショックは相当なものだから、って」

志村のやつ、おれに無断で……と舌打ちした。しかし、腹は立たない。年上でありながら、生涯おれに忠誠を誓った腹心の彼は、そういう気配りを陰でそっとする男なのだ。もちろん彼は、小倉さゆりだけでなく、おれの愛人歴をすべて知っている。もしもその方面で何かトラブルが起きたら、すぐに彼が火消し役を務めるべく、おれの私生活の裏の部分も把握していた。それでいて、決しておれを裏切ることはない。ほんとうの忠臣だ。

「もしかして、志村から何か言われたのか」

「何か、って？」

「手を引けとか」

「ううん。それはない。社長は大変だから、自分から連絡をとるのは控えてほしい、と、それだけよ」

「じゃ、これはいったいどうしたことだ」

ガランとした部屋を見回して、おれは言った。

「おまえの荷物はどこに行った」

「私、東京に戻ったの。安い賃貸だけど、そこそこ暮らしやすいお部屋に」

「ここを出ていく、というつもりか？」

「つもり、じゃなくて、もう出て行ったのよ」

そしておまえは、ガランとした部屋に残されたソファに座った。だが、おれは立ったままだった。

「本宮さんがこのあいだ話してくれた『生きてるうちに、さよならを』という言葉じゃないけれど、人と人との別れって、突然にやってくるんだな、って思った。本宮さんと涼子さんもそうだけど、私と本宮さんも」

おまえはそこでタバコに火を点け、私にも一本どうかと勧めてきた。私が首を横に振って断ると、おまえはおれから目をそらし、自分が吐き出すタバコの煙を追いかけながら語りはじめた。

「私の存在価値は、涼子さんという奥さんがいてのことだと最初からわかっていたわ。だから去年の暮れ、本宮さんから、生前葬をやってすべてをリセットするから、そのあとの人生をいっしょに生きようと言われても、すぐに返事ができなかった」

「誤解するなよ、さゆり。過去につきあってきた愛人とおまえとは違う。小倉さゆりという女は、愛人という存在を超えた意味がおれにはあったんだ」

この期に及んで、おれはおまえがいかに大切な女性であるかを訴えようとしていた。頭の片隅で、昨日、妻を抱きしめて泣いたおまえはどこに行ったのだ、バカか、おまえは、と咎《とが》める声が聞こえていた。

「おれは、ひとりの女として、おまえに惚れたんだ。立場がどうこうではない」

「ううん。それは違うわ」

さゆりは、煙といっしょに反論を吐き出した。

「もしも将来、涼子さんとはまったく別の性格の奥さんがきたとき、本宮さんの愛人の嗜好も変わると思う。ごめんね、縁起でもない仮定をもちだして。でも、妙な言い方かもしれないけれど、あなたにとっての小倉さゆりは、涼子さんあっての小倉さゆりだったのよ。本妻と愛人は、いつもセットなの。あなたは奥さんにないものを私に求め、奥さんにあるものは私に求めない」

言われてみると、たしかにそうだった。口数の少ない涼子に較べて、さゆりは意思表示がはっきりしている。言葉のコミュニケーションをしっかりとる女だった。そこが妻にはない魅力だった。一方で、涼子は料理もうまいし、きっちりと家事をこなし、子どもの母親としても立派な役割を務めていた。ちなみにさゆりは外食オンリーで、マンションを買い与えてからの三年数カ月間、この部屋で手料理を食べさせてもらったことは一度もない。

だが、料理を作るさゆりなど、おれは最初から求めていなかった。

しかし、もしも妻になった女が、料理や家事全般がまるでダメだったらどうだったろう。おれは代わりに家庭的な女を愛人に求めていたかもしれない。そういう意味では、たしかにさゆりの主張はもっともだった。

「だから私、涼子さんとセットである以上は、これをきっかけに本宮さんのもとから去るべきだと思ったの。そして、具体的にそれを実行した」

「いつ、荷物を移したんだ」

「三日前」

「……」

おれは複雑な気分だった。

ここへくるまでは、自分から別れ話を切り出すつもりで、いったいさゆりからどれほど反発をくらうか、どれほど泣きつかれるかと警戒し、緊張もしていたのに、いざ先手をとられると、そのことじたいが口惜しかった。拍子抜けというのを通り越して、無性に腹が立った。

おれはモトミヤ精工のオーナー社長として、これまで自分の思いどおりに事を動かすのに慣れていた。誰かに指示されるという状況とは無縁で生きてきたのだ。私生活のうえでもだ。だから小倉さゆりも、おれのほうから関係を解消するという形での別れを迎えるべきであって、彼女のほうから勝手に先回りをして去るのは、おれが納得できなかった。どう思われようと、おれはそういう人間なのだ。

「私」

おれが黙りこくってしまうと、その沈黙を埋めるように、さゆりが口を開いた。

「素直に涼子さんに感謝しているわ。涼子さんがあなたの奥さんだったからこそ、あなたと会えたんだから。でも、それ以上の理由で本宮さんとつながっていることもできないの。だから、これでさようなら」

「ちょっと待て！」

おれは怒りの混じった声を突然張り上げた。

「おれに相談もなしに、何から何までそうやって決めるな」

「じゃあ、たずねるけど、きょうは何のために会おうとしたの」

「ことしに入ってから、一度も連絡を取れなかった理由を説明するためだ」

「それだけ？」

「……」

「ちゃんと答えて。私と、もう会えないと言いにきたんでしょう？　先を越されたからといって否定しないで」

まいったな。さゆり、おまえはどうして何から何まで男の気持ちを見透かすことができるんだ。

おれはおまえのそばに突っ立ったまま、しばらく無言でいた。そして、いろいろ考えた挙げ句にこう言った。

「たしかにそのとおりだ。だが、ひとつだけおれの頼みを聞いてほしい。おれがおまえに告げようとしたのは、涼子がこんな状態である以上は、当分会えないということで、もう別れようということではない」

なんという詭弁《きべん》だ。そして、なんという心変わりだ。自分でも呆《あき》れてしまう。涼子のことしか頭にないときは、小倉さゆりの存在は思い出しもしなかったし、会いたいという気持ちも起きなかった。また、こういう事態で愛人と会うなど人間として許されない、とまで思っていた。

　ところが、おれの知らぬ間に荷物を運び出されてしまい、ヘタをすればきょうでさゆりとの関係が永遠に切れてしまうかもしれない状況に立たされると、急におまえを失うのが惜しくなったのだ。

　おれは自分の言っていることのチグハグさに目をつぶって、おまえに訴えた。

「頼むから、いま結論を急がないでくれ。おれたちの今後をどうするかは、そのときになってからじっくり話し合おう」

　さゆりが、早速言葉尻を捉えてきた。

「そのとき、って?」

「ねえ、そのときって、どういうとき?」

「………」

　おれは黙った。

　おれの人間性が試されているな、と思った。

　たしかに、さゆりは立派だった。おれより二十何歳も年下でありながら、きちんとしたケジメをわきまえていた。だがね、さゆり。おまえのそうした姿勢をみるにつけ、かえっておれは、よけいにおまえを失いたくなくなってきたのだ。ほんとうは別れを告げにきたのに、あっというまに気持ちが逆になった。小倉さゆりは愛人という立場に置くにはもったいない女だ。彼女こそ、おれの後妻にきてもらうべき女ではないか、という思いが急激に強くなってきたのだ。

涼子から、愛人を後妻に迎えるのだけはやめてとクギを刺されていながら、おれはさゆりを前にして、そんなことを考えている。愛人を後妻にするんじゃなくて、愛人としての関係をいったん断ち切ったうえで、妻にふさわしい人物としてさゆりを迎えるのだ、と自分の行動を正当化する理屈までこねはじめている。涼子がまだ生きているのに、おれはもう死んだあとのことに思いを巡らし、さゆりを「キープ」しようとしていた。

聡明なおまえに、そんなおれの心の動きが見抜けないはずはなかった。だから鋭い質問を放ってきたのだ。「そのときって、どういうとき？」と。その問いに逃げるわけにはいかなかった。

「涼子が天国に旅立ったとき、ということだ」

この卑怯者《ひきょうもの》め、と、おれは自分で自分を罵っていた。天国などという、ふだんは使いもしない概念をもちだしてきて、妻の死後を打算的に考えている自分のいやらしさを必死にかき消そうとしていた。まるで会社のポストのように、空席ができそうだから、いまのうちにつぎの人事を決めておこうとしている。妻という立場を、そんなふうに考えている自分の身勝手さを、天国という概念の荘厳さで隠してしまおうとしている。

最悪だ、と思う。でも、平気でその最悪なことをやろうとしていた。

開き直っておれが答えたあと、さゆり、おまえはすぐに口を利かなかったな。おれはね、軽蔑されたんだろうな、と感じていたよ。たぶん、おれの人格を批判する言葉が飛び出してくるんだろうと思った。そして、それを黙って待っていられなくなって、おれは先ほどおまえが勧めたタバコを取り上げ、それに火を点けて、プカプカとせわしなく吸いはじめた。

おまえの吐き出す煙と、倍以上のピッチでおれが吐き出す煙とで、閉めきった室内は霞んできた。

「先月、いつものカフェで……」

唐突に、おまえが口を開いた。

「私のどこが好きかとたずねたら、本宮さんは、言葉にウソがないところだと答えたわよね。それは、いまでも変わらない？」

「ああ」

「いまも、それが私の長所だと思ってくれている？」

「思ってるよ。だから、心に感じたことは素直に言ってくれてかまわない。『本宮さんって最低ね』でも、『奥さんがこういうときに不謹慎でしょ』でもいい。感じたままのことを口にしてくれ。どんなに批判されても、それによって、おれは感情的に激するようなことはしない。下村の葬式で大騒動を引き起こした本人が、そう言っても信じてもらえないかもしれないが」

「わかりました」

「え？」

一瞬、何が「わかりました」なのか、理解できなかった。するとおまえはタバコを消し、ソファから立ち上がると、窓を開け放って、部屋にこもった紫煙を追い出した。そして、逆に流れ込んでくる寒気を胸いっぱいに吸い込んでから、おれに背中を見せたまま、外の景色に向かって言った。

「待ってます」

その声は、冬の大気に吸い込まれて、室内にいるおれにはよく聞こえなかった。

「待ってます、と言ったのか」

「そうよ。私がほんとうに必要とされるときを、静かに待っているわ。でも、そのときになって本宮さんが心変わりしたら、それならそれでもかまわない」

「それは、つまり……その……」

「涼子さんを追い出すような形でなく、私が正式に本宮さんの支えになることができるなら、その日を静かに待っている用意はある、ということ」

おれに向き直ったさゆりの声が、家具のほとんどなくなった部屋に大きく反響した。

「ただ、もうこのマンションは要らないわ。愛人という立場はきょうでおしまい。当分は、電話もメールも、こうやって会うこともしなくていい。涼子さんのことだけ考えて毎日を過ごしていてね。そして、私を違う立場で必要とするようになったときにだけ、連絡をください。そうでないときは、永久に連絡をくださらなくてけっこうです」

最後だけていねいな言葉づかいになると、おまえはおれに歩み寄り、タバコの香りが残った唇を近づけ、音のない静かなキスをおれの頰に残した。唇ではなく、右の頰だ。

それは微妙な場所だった。おれとおまえとの関係を考えてみれば、どこか小馬鹿にされたようなニュアンスも感じる頰へのキス……。

開けっ放しにされたままの窓から、身を切るように冷たい風が吹き込んでくる。それを背中に受けながら、おれは部屋を出ていくおまえの後ろ姿を見送っていた。

いつのまにかソファのテーブルの上には、このマンションのキーが載っていた——

さゆり……。意外にもおまえが、私の後妻になるという選択肢を残して部屋を去ったあと、おれはね、日が暮れるまでずっとあの部屋にいたんだ。そして、ひとりで泣いていた。声を上げて泣いていた。

きっかけは、呆然《ぼうぜん》としてソファに座り込んでいたおれのポケットで、携帯電話がメールの着信を知らせたことだった。涼子からのメールだった。

《昨日は取り乱してごめんなさい。もう落ち着きました。ほんとうに、ごめんね。ひとり暮らしに慣れないとね。

こちらは、昨日の穏やかな天気が嘘のように寒くて、海からの風がビュンビュンと唸《うな》っていて、強くて、庭に出たら吹き飛ばされそうです。部屋の中にいても、窓ガラスがガタガタと揺れてこわい。でも、だいじょうぶ。

厚木のほうはどうですか？　風邪をひかないようにね。パパが倒れたら大変だから。敬と澪にもメールしておくね。ではまた》

読み終えた瞬間から、涙が止まらなくなった。オイオイと声を上げて、ひとりで泣いた。フローリングの部屋に、いやになるほど自分の泣き声が響いた。前日、ホスピスの部屋で涼子と抱き合って泣いたのにつづいて、二日連続の号泣だ。涙をこぼしたというレベルではない、その激しい感情の発露は、明らかにおれの精神が不安定な状態にあることを示していた。

一方でさゆりに対して後妻になってほしいという趣旨を伝え、もう一方で妻からのメールがいじらしくて泣いてしまう。完全に、おれの中でふたりの自分が存在しているようだった。

そうした自分の精神状態への不安だけではない。おれは不吉な予感を覚えずにはいられなかった。自分の人生が、なにかよくない方向にもっていかれそうな、そんな言いようのない不安に包まれて、その恐ろしさに耐えられなくなったこともあって、泣きだしたのかもしれない。

そして、その不吉な予感は見事に的中した。

＊　＊　＊

妻から病を告白されたとき以上の衝撃的な出来事——それについて書き記すには、時間が経ったいまでも勇気がいる。第四章や第五章のように客観的な一人称で淡々と述べることはできない。かといって、さゆりに向かって語りかけるような内容でもない。大塚綾子先生のカウンセリングでも受けているつもりで書きはじめてもみたが、それもダメだった。

やっぱりおまえに頼ることにするよ、下村。あの世から、おれの狼狽《ろうばい》ぶりをじっと見つめているであろう親友のおまえに語りかける形で、第七章は書き進めていくことにする。

第七章

旅立ちの準備がはじまる

一月がまもなく終わろうとしていた。

下村、おまえの故郷の旭川は一面の雪に覆われ、連日氷点下を大幅に下回る猛烈な寒さに包まれているようだが、伊豆半島も一月後半に入ってから厳しい寒さがつづいていた。まるで涼子の入所を待っていたかのように、シベリア上空から日本列島へ寒気団が続々と押し寄せてきていたのだ。

涼子の好きな海が見えるし、気候も温暖ということで伊豆半島南端の石廊崎《いろうざき》に近いホスピスを選んだのだが、この冬は少しも気候的なメリットがない。それどころか、海に面した高台にあるため、寒風の強さは予想以上のもので、かえって町なかよりも体感温度が低くなる。そのため、涼子が施設の庭をゆっくり散歩できるような穏やかな日は数えるほどしかなかった。

また、おれや子どもたちがそこへ通うことも物理的に大変だった。電車だと厚木から伊東まで出て、そこから伊豆急に乗り換えて下田へ。これだけでも二時間以上、乗り継ぎ待ちを入れると三時間近くになる。さらにそこから石廊崎まで、車で二十キロほど走らねばならない。

だから涼子をそこに送り届けるときも、その後、面会に行くときも、電車は使わずに厚木から社長専用車で向かった。運転手にどれぐらいの距離があるのかたずねてみると、片道で百六十キロにもなるそうだ。東名高速で厚木インターから沼津インターへ、そして伊豆半島の真ん中を突っ切って南端まで行く。道の混み具合にもよるが、二時間半から三時間程度の所要時間となり、自分で運転しなくても往復するにはしんどい距離だ。

涼子との面会は一日がかりになるから、その日は、会社の仕事はほとんどできなくなる。おれは、徐々にこのチョイスが誤りであったような気がしてきた。海が見えることなどにこだわらず、もっと家族が気軽に様子を見に行けるような距離で探すべきだったのではないかと、後悔しはじめていた。

けっきょく、おれはひとつの選択を迫られることになる。下田あたりに一軒家かマンションの部屋を借り、そこを拠点にして涼子のところへ面会に通うようにするかどうか、だ。しかし、それをやれば完全に社業はおろそかになる。新年に入ってから、おれは大半の権限を副社長の今泉に預けていたが、ここにきて、秘書室長の志村が気になる情報を耳に入れてきた。

「憚りながら社長、ご家庭が大変なこの時期に、あまり芳しくないニュースをお耳に入れなければなりません」

やや時代がかった言い回しで、志村が耳打ちをしてきた。

「じつは今泉副社長が、社長が留守がちなのをよいことに、クーデターを画策している模様です」

おれはその情報を聞いて、驚くというよりもガックリと力が抜けた。生前葬を行なうとこのような展開になるおそれがあると志村がシミュレーションしてみせた展開のひとつが、生前葬を行なわなくても現実のものとなりかかっていた。

おれも独自の情報網で確かめたところ、志村の報告は誤りではなかった。創業者のおれが、涼子の病気でこれだけ大変な思いをしているというのに、今泉はすでに役員たちの大半を丸め込み、さらに大株主にも極秘で了解を取り付けはじめ、タイミングを見計らって社長の解任動議を出そうとしているらしい。

妻の件でおれが会社にいないことが多くなったのが社業に悪影響を及ぼしている、ということが理由なのではない。おれの不在が、密議を謀るのに具合のよい環境を与えたことにはなっても、クーデターを起こそうとする直接の理由にはなっていなかった。おれに近い役員が密かに打ち明けてきたところによれば、本宮直樹のワンマンぶりは近代的な一部上場企業のあり方に程遠い、と不満を溜め込んでいる役員と部課長クラスの管理職が社内で多数派になったからだそうだ。

それは気がつかなかった。役員のみならず部課長たちまでがそうだとはね。

会社を興した時点からずっと客観的な立場で見てきてくれた下村なら、わかってくれるよな。オヤジがいったん潰した町工場を再生し、ここまでの企業に成長させるにあたって、おれがどれほどの苦労を乗り越え、全身全霊を打ち込んでがんばってきたのかを。

だからおまえなら、モトミヤ精工は百パーセント本宮直樹の会社だ、というおれの主張に、拍手をもって賛成してくれるだろう。しかし、会社の連中はそうではなかったのだ。

上場企業の代表取締役にしては感覚が古すぎると言われれば、なるほどそうかもしれない。おれは、ひところ流行った「会社は株主のもの」などというバカげた妄言に対しては、怒り心頭に発する男であり、そうした点も時代遅れだと批判されるのならば、もはや会社に対する根本的な哲学の差だと言うしかない。

ただ、そうした社内の不満は、おれにはまったく聞こえてきていなかった。ここが最大の問題だった。おれが不満に対して聞く耳をもたないからクーデターを、というならわかるが、面と向かってはヨイショの連続でありながら、今泉たちは不満を決しておれに直接訴えず、陰湿にも腹に溜め込んで発酵させていたのだ。そして、その不満がいつしか沸騰点にまで達していた。なぜ、そうなる前におれに向かって吐き出さなかったのか、と文句を言っても、もはや遅い。おれの寝首を搔《か》こうとする一団のリーダーが、後継者として信用していた今泉であることも完全に意表をつかれた。

「おれが甘かった、ということか」

つぶやくと、志村は気の毒そうな顔をして何も答えない。その表情を見ていて、ふと思い当たることがあったので、きいてみた。

「もしかして志村、おまえは以前から社内のそうした気配を察していたから、生前葬の計画に猛反対したのか」

「さようでございます」

志村は申し訳なさそうに頭を下げた。

「あの時点では、反対する背景を詳細に申し上げる勇気がございませんでした」

「まあいい。で、連中が狙っているタイミングはいつなんだ。クーデターを仕掛けてくる時期は。相当早いのか」

「今泉副社長は……」

さらに言いにくそうに、志村はつぶやいた。

「社長の奥様がご闘病中は、道義的にありえない、と」

「なに？」

その答えを聞いて、おれはしばし口をポカンと開けたままになっていた。それから、いきなり笑い出した。あははは、と。ドラマでしかお目にかからないような虚ろな空笑いなって、おれは大笑いした。情けないのと、腹立たしいのと、悲しいのと、バカバカしいのがごっちゃになって、おれは大笑いした。

「ということは……」

笑いすぎて目尻に浮かんだ涙を指の腹でぬぐいながら、おれは言った。

「おれは妻を失うのと同時に、社長の座も、この会社も失ってしまう、ということか」

「私はそうなってほしくはありません。ですから、いまからでもなんとか手を打たないと……そう思いまして、遅まきながらご注進を申し上げたのです」

おれはしばらく考えた。といっても、一分に満たない時間だが。そして言った。

「もういいよ、志村。涼子に先立たれてしまえば、おれは完全に戦闘意欲を失うだろう。社業に邁進《まいしん》するという意味でも、クーデターを画策している連中に対してという意味でも、戦闘意欲を失うだろう。こうなったらいっそのこと、こういうアイデアはどうかね。涼子の葬式と、おれの生前葬をいっしょにやるというのは」

志村は何も答えなかった。

クーデター情報を聞かされた翌々日、こんどは石廊崎のホスピスから、おれを落ち込ませるような連絡があった。涼子の余命に関する下方修正だ。

もって三ヵ月、早ければ一ヵ月以内の急変もある、と……。「もって一年、早ければ半年」の見立てが、そこまで一気に縮まった。つまり涼子は、ギリギリで桜の季節は楽しめるかもしれないが、もう彼女にとって夏はない、ということなのだ。奇しくも、年末に訪れた新婚旅行の地、常夏の島グアムが、涼子にとって人生最後の『夏』を感じるひとときになったわけだ。

おれはもう迷わなかった。志村に、下田市内に適切な拠点を大至急探すように命じるとともに、社長室に副社長の今泉を呼び出した。

おれは相当に厳しい表情をしていたに違いないから、心に疚《やま》しいところのある今泉は、社長室に入ってきて目を合わせるなり、緊張で顔も身体もガチガチにこわばらせていた。クーデター計画がバレた、と直感しているのは間違いなかった。

その心理を逆用して、思いきり皮肉を浴びせかけてやってもよかったが、もうムダなケンカをするつもりはなかった。どうせ相手の裏をかくなら、スマートにやりたかった。何よりも、私の価値観がすっかり変わっていた。創業者の私を黙って裏切るような連中が主流を占めている会社に、急速に愛情がなくなってしまったのだ。息子の敬が継ぐまでがんばろうと思ったが、もうその気もない。

おれは、怯《おび》えた目を泳がせている今泉に向かって立ち上がった。そして言った。

「今泉、これまでワンマンで身勝手なおれを、文句も言わずによく支えてくれた。ほんとうにありがとう。おれはそう遠くない時期に代表権のない会長に退いて、後任の社長におまえを推すつもりだ」

意表をつかれた裏切り者は、驚愕を全身に表わして立ち尽くしていた。

「ただし、その時期について相談がある。できることなら、家内を社長夫人という立場のまま天国に行かせてやってほしいのだ。会社の草創期、経済的に苦しいときも愚痴《ぐち》ひとつ言わずに、おれの成功を信じて家庭を守ってくれた。その糟糠《そうこう》の妻に対する、せめてもの感謝のしるしになるのだから。どうか、頼む」

おれは、おれの追放を謀《はか》る相手に向かって深々と頭を下げた。

「社長……」

今泉の声は、震えていた。

「ど、どうぞ、頭をお上げになってください」

クーデター情報と、涼子の余命下方修正というふたつの出来事が、おれの腰を上げさせ、妻の旅立ちに向けた準備を本気で加速させることになった。おれはモトミヤ精工の最高経営者としての立場を、涼子の死とともに放棄することを決め、真っ先に『政敵』にそのことを通告した。そういう形で、おれ自身の人生のリセットもはじまったのだ。

ただし、前の章の終わりに書いた『妻から病を告白されたとき以上の衝撃的な出来事』とは、クーデター計画のことでも、余命の下方修正でもない。

この時期に、おれはもうひとつ重要な行動をとっていた。それがきっかけとなって明らかになった真実――それがおれに激しいショックを与えたのだ。

下村、おれは自分という男の精神構造がすっかりわからなくなっていた。これまで顧みることもしなかった妻について、そのひとつひとつの言動に心が震え、感動と悲しみで号泣し、仕事人間のおれが、妻のためならば自分の興した会社を捨ててもいいと思うまでになっていた。それほど妻・涼子の存在が大きくなっていたにもかかわらず、一方で、小倉さゆりへの思いも深まっていったのだ。涼子とはまったく違うタイプの女に、これまでのような愛人としてではなく、おれの人生の終盤の伴侶になってほしいと真剣に望むようになっていた。涼子の後任の座を、もうこの段階で決めていたのだ。

下村、おまえが生きていたら、この状況をどう思うだろうか。ほんとうに意見を聞きたいよ。

おれはたんなる身勝手な『ジコチュー男』なのか。目の前にいる相手に、つねにいい顔をする八方美人だからこうなのか。道徳観や倫理観のない男なのか。救いようのない浮気性なのか。それとも心がふたつに分かれてしまっている二重人格者なのか。ほんとうに真剣に悩んだ。自分という人間がわからなくなっていた。

その結果、下村亡きあとに、この悩みを唯一相談できる相手として、社会評論家で人生相談の師である大塚綾子先生の存在を思い出したのだ。我が社の講演にきてくださったときの先生の姿を。

幸い、大塚先生は同じ厚木にお住まいで、東京の仕事がないときには、だいたい厚木のご自宅にいらっしゃるということを講演にお迎えしたときに聞いていた。しかも、まったくの初対面ではないし、おれにもいちおう世間的な肩書きもあるから、個人的な悩み相談に乗ってもらえるだろうと思った。そして、実際に会ってくださることになった。

二月に入ってから最初の日曜日に、おれは大塚先生に時間をとっていただき、先生のご自宅で話を聞いてもらった。先生は、混乱するおれの心境を黙って聞いてくださり、こちらの話が終わると、ゆっくりと口を開かれた。

そのときの会話を、覚えているかぎり再現してみよう。

「本宮さんもごぞんじのとおり、私はこの正月に『生きてるうちに、さよならを』パーティーをいたしました。メディアで告知をしていただいたおかげで、私の人生と一時期クロスして離れていった方たちが、思いのほか大勢集まってくださったんですのよ。そしてね、そのパーティーを通じて学んだことがひとつありました。それは、自分の先天的な性質や後天的な努力だけではなく、大勢の人が私に関わりあうことによって、大塚綾子という人格はできていったのだな、ということ。これを知ることができたのが、『生きてるうちに、さよならを』パーティーの最大の成果」

「もう少し、そこを詳しく説明していただけませんか」

「よく『親を見れば、子どもの性質がだいたいわかる』というでしょう。もう少し批判的に言う場合は『親の顔が見たい』とかね。つまり、子どもの人格形成は親の影響を強く受けるということだけど、まあこれは誰でも知っている常識ね。けれども、人間が影響を受けるのは親ばかりではないということ」

「そういえば子どものころ、悪さをするたびにオフクロから『悪い友だちがいるんでしょう』と叱《しか》られたものです。もっといいお友だちと遊びなさい、と」

「そうね。友だちからも影響を受けるわね。だけど、大人になってからの人生はもっと複雑でね、自分が意識しないところで、他人から人生を変えられてしまうことがずいぶんとあるのよ」

「とおっしゃいますと？」

「『影響を受ける』という言葉には広い意味と狭い意味があってね、狭い意味では『感化される』という解釈が当てはまります。いい方向への感化もあれば、悪い方向への感化もあるわ。どちらにしても、第三者の直接的な影響を当人が意識しながら自分を変えていくのが感化。でも広義での『影響を受ける』というのは、第三者の存在によって自分の人生が動かされてしまうケースを指します。そして、もしかするとこちらのほうが人生への影響力は大きいかもしれないの。

先日のパーティーには、私と過去で関わった人々が大勢集まってくださったけれど、私はその顔ぶれを眺めながら、ひとつの事実に気がついたのね。いい意味でも悪い意味でも、直接的な影響を受けたと思う人は、ほんとうに一握り。でも大半の人は、その人も私も意識しないうちに、大塚綾子の人生を変えている。ひとつの例をお話しするわね。

戦争が終わり、焼け野原からの復興が少しずつ進んでいたころ、国民学校から小学校という新しい学校制度に変わった時分、私たち家族は、疎開先から東京の大田区に戻ってきました。ちょうど、大森区と蒲田区が合併して大田区になったばかりのころだったかしら。そして一年経ち、二年経ちして、しだいに町並みから戦禍の跡が消えつつあったころ、うちの近所にコロッケ屋さんができてね、母に命じられてよくコロッケを買いに行かされたわ。正式にはお肉屋さんだけど、肉なんて贅沢中《ぜいたくちゅう》の贅沢品で、まだまだ満足な量がお店にも置いてなかった。並んでいるのは、おいものコロッケばかり。だからコロッケ屋さんという職業があると信じていたのね。父が大のコロッケ好きで、食卓にないと不機嫌になるから、三日にいっぺんは、そのお店に買い物に行ったものだわ。それぐらいの贅沢はできるようになっていたのね。

で、そのときに親御さんといっしょに店番をしていた二十代のお嬢さんが、いまはもう八十近くになっていらっしゃるけど、まだご健在で、テレビで私のパーティーの告知を知って、わざわざ会場にきてくださったのよ。そして、とりとめのない雑談をしているうちに、こんなことを言われたの。いつもコロッケを買いにきていた綾子ちゃんが、何日も姿を見せないからどうしたんだろうと両親と話題にしていたら、交通事故に遭ったと聞いて、あのときはほんとうに驚いたわ、と。それで急に思い出したの。そうだったんだ。私の人生の転機は、この人の両親がもたらしたのかもしれない、と……。

あれは小学五年生の冬の初め、冷たい雨が降る夕方だった。いつものようにコロッケ屋さんにコロッケを買いに行ったら、定休日でもないのにお店が閉まっていた。都合により、きょうはお休みします、という張り紙が出ていた。応用能力のない小学生の私は困ってしまって、うろたえたわ。どうしたらいいんだろうと。いまみたいに携帯電話で親から指示を仰ぐこともできないので、雨の中を傘を差して、必死になって別のコロッケ屋さんを探し回った。そのうち、あっというまに日が暮れて、すっかりあたりが暗くなった。そのことも焦りを募らせたんだと思う。ひたすら別のコロッケ屋さんを探すのに夢中で、周りの状況に注意を払う余裕がなかった。そして傘越しに突然ヘッドライトを浴びせられたかと思うと、つぎの瞬間には車に撥《は》ねられ、意識を失っていた」

「なじみの肉屋の予期せぬ休みが、先生を交通事故に巻き込んだわけですね」

「それだけではないの。右腕と右脚の複雑骨折に加えて、内臓も傷める重傷でね、リハビリも含めて半年以上も病院生活を送らなければならなかったのよ。だから、六年に進級できずに、もう一年、五年生をやることになった」

「その結果、先生の人生がそのまま一年ずれてしまったと」

「おっしゃるとおりよ。『同学年』という単位でくれる仲間たちが、その事故によって完全に一年ずれてしまったの。その後、中学も高校も大学もずっと一年ずつずれていった。

もしもコロッケ屋さんが休みじゃなければ、私は何事もなくコロッケを買って家に帰り、翌春に六年生に進級して、さらに翌年には中学生になっていた。そのコースが一年ずれたということは、人生で知り合える顔ぶれが、ガラッと変わってしまったということ」

「もしかすると、いまの大塚綾子先生ではない、別の大塚綾子という女性が存在していたことになるんでしょうか」

「もしかすると、じゃなくて、絶対そうだわね。これはほんの一例だけど、人間は自分が直接関与できない大きな力で人生を動かされていきながら、必死になって手作りで自分をこしらえていくものだと思うの。自力で自分の人格を作り上げるのには限界があるのよ。逆に言えばね、人の性格とか人格は、その人だけがこしらえていったものではない、ということ。その人の歴史をしっかり見ていかないと、ほんとうの人柄はわからない」

「では、私も先生のようなパーティーをやらないと、自分の成り立ちがわからないということなんでしょうか」

「その前に、あなたは自分よりも奥様のことを、もっともっと知っておく必要があるわ」

「妻を？」

「ええ、あなたが自分の成り立ちを知るために費やす時間はまだある。でも、奥様のことを知る時間は限られているのよ。涼子さん、とおっしゃったわね」

「はい」

「もしかするとあなたは、ひとりの女性としての涼子さんを、よく知らないままに結婚してしまったんじゃないかしら。もちろん、そういうのはあなたに限ったことではないわ。男女が結婚するときは、現在と未来が大切なのであって、どんな過去があったかは問題ではないという考え方が一般的です。それはそれで健全だと思います。けれどもあなたのお話を聞いていると、涼子さんという人間をしっかり見極めないまま結婚したように、こんどは小倉さゆりさんという女性をしっかり見極めないまま、後妻の候補にしようとしている。だから、自分の判断に確たる自信がなくて、こんなことでいいのだろうか、と気持ちが揺れ動いているんじゃないかしら」

「……………」

「いま愛人の立場にある女性が、将来の妻としてふさわしいかどうかを考える前に、まず涼子さんの人柄をもっとよく知りなさい。そのことによって、彼女があなたの妻として果たしてきた役割の重みについて、改めて認識できるでしょうし、それがあなたの結婚観を変えることになるかもしれません。なによりも、涼子さんに対する深い感謝の気持ちが湧くことになると思うの。彼女をよく知って、彼女のしてくれたことのありがたみをしっかり感じ取って、そして心からのありがとうを言うことが、あなたに課せられた義務かもしれませんよ」

「心からのありがとう、ですか」

「ええ」

「そういえば先生、ひとつ思い出したことがありました。新婚旅行でグアムに行ったとき、妻からこう言われたんです。『結婚してくれて、ありがとう』と。そのとき私は、なぜそんなことを言うんだろうと思いましたが、その背景について、あまり深くは追及しませんでした。でも、何かがあったかもしれないですね、涼子の過去に」

「ちなみに、おふたりはどういうふうに知り合ったの？」

「結婚したのは私が三十六で、涼子が二十六のときでしたが、その一年ほど前に、ほとんど親が決めるような格好で……。オヤジは自分で経営していた町工場を潰し、その復興を息子の私に委ねていましたが、私の結婚についてはいつも口やかましく介入してきました。仕事に没頭するためには家庭が必要だ、自営業には必ず後継ぎが必要だと言って、二言目には嫁はまだか、嫁はまだかと矢の催促です。それでも私が煮え切らない態度でいますと、ついにしびれを切らして、自分で見合い話を見つけてきました。その相手が涼子でした。父親の古い友人で、長野県諏訪市にある、やはり同じような精密工場を経営する男性の養女でした」

「養女?」

「はい。涼子にはきょうだいがなく、両親も相次いで亡くなったもので、遠い親戚筋であるその工場経営者に引き取られ、養子縁組をしたという話です。そして、その工場で事務をしておりました」

「お見合いのときの印象は?」

「地味な人だな、と思いました。それが第一印象です」

「それで?」

「でも、料理はきちんとできるし、まじめな働き者だからと言われ、妻にするにはそういう感じの女性でいいのかなと思って。なにより、私よりオヤジとオフクロが乗り気で、決めろ、決めろ、とせかすものですから、それじゃ、よろしくお願いいたしますと」

「ずいぶん古い決め方をなさったのね」

「ですね」

「そういうはじまりだったから、妻はあくまで家事を任せる存在であり、恋愛の対象は外の女性で、ということになったのかしら」

「たぶん、そうだと思います」

「涼子さんは、どちらの生まれ？　養子縁組をする前は、どこで生まれて、どこで育っていらしたの」

「信州の鬼無里《きなさ》村です。『鬼の無い里』と書く鬼無里村」

「いまは合併して長野市ね」

「そうです」

「本宮さんは、そこに行ったことがあるんですか」

「いや、ないです。涼子の実家があるわけでもなし、親戚がいるでもなし。いまさらたずねていく必然性がありません」

「その鬼無里村に、涼子さんはいつまでいたの？」

「よく知りません」

「知ろうとは思わなかった？」

「はい。とくに妻の過去に関心はもちませんでした。工場経営のことで頭がいっぱいで、そんな余裕もなかったですし」

「ちなみに本宮さんは、どちらの生まれ？」

「私ですか。私は東京の下町で生まれました。墨田区向島で、目の前を隅田川が流れておりました。そこに中学生のころまで住んでいて、それから一家でここ厚木に越してきたんです」

「じゃあ、隅田川はあなたにとって原風景ともいえるものね」

「そうですね」

「結婚してから、そこに奥様を連れて行ったことは？」

「一度ありましたかね。駒形にどじょうを食いに」

「ここがぼくのふるさとなんだよ、という説明はなさった？」

「しました。東京の下町の人情とかですね、よいところを、どじょうを食いながらあれこれ説明しました」

「奥様の反応は」

「うーん、どうだったかな。興味深く聞いていた覚えはありますね」

「だったら、あなたも一度涼子さんの原風景を見に行ったらどう？」

「鬼無里へ、ですか」

「ええ」

「でも、妻はもう体力的に無理です」

「じゃなくて、あなたひとりで。ああ、お子さんを連れていってもいいけれど」

「何のために、です」

「たとえ実家や親族がもういなくても、そこの自然を見ることが、子ども時代の涼子さんと同じ景色を見ることになるからです。あなたにとっての隅田川と同じように、涼子さんにも鬼無里に原風景がある。そういう心の景色の交換というものは、人生をともに歩む夫婦のあいだで必要だと思いませんか」

「まあ、そうかもしれませんけど」

「けど……なに？」

「なんとなく、涼子は自分の過去から逃げてきたような気がするんです。私が彼女の生まれた場所を知ったのは、結婚のときに戸籍を見ることになったからで、そのとき『へえ、鬼無里村かあ。変わった地名だなあ』と私が言ったら、何も返事をしなかったんです。それ以来、涼子との間では、鬼無里村のことを話題にしたためしがありません。そこに住んでいた当時の写真も、一枚もありません。養女先の諏訪についてはアルバムも残っているし、涼子もときどき話題にするんですが」

「涼子さんが、諏訪に養女に行くことになったきっかけは、聞いたことがあるの？」

「やはり両親が亡くなったことが最大の理由なんでしょうが、一度だけポツンと『しがらみから逃げ出したくて』とつぶやくのを聞いたことがあります。結婚前、見合い後の初デートのときだったんじゃないかと思いますけど」

「どんなしがらみから逃げ出したかったのかしら」

「さあ……しがらみというぐらいですから、人間関係のトラブルだと思いますけど」

「だけど、諏訪に養女に行ったのが……おいくつのときだったかしら」

「十九です」

「ご両親が亡くなったのは？」

「前年の十八のときだったようですね」

「十八、九で、人間のしがらみを感じたとしたら、ある意味で大人だったのね」

「そうかもしれません」

「それについて、詳しくたずねることはなかったのね」

「なんとなく、きいてほしくない雰囲気があったものですから。ちょうど鬼無里村のことを話題にしたときのように」

「じゃあ、鬼無里村で何かのしがらみがあったんでしょうね」

「と思います」

「ともかく、涼子さんの原風景をいっぺん自分の目で確かめてごらんなさいな。べつにその話題を本人の前で出す必要はないから」

「そうですか……。でも、いまの季節、鬼無里はきっと雪が深いでしょうね」

「だとしたら、なおさらいいと思う。涼子さんが子どものころに味わってきた冬の厳しさを、いまのあなたが味わうことは」

「………」

「もちろんこれは私からの提案であって、こうしなさいという強制ではないわよ。でもね、本宮さん、あなたが新婚旅行先で涼子さんから言われた言葉——結婚してくれて、ありがとう——が、私としてはとっても気になるのね。それは裏を返せば、自分は一生結婚できなくて当然、と思うような過去が、涼子さんにあったから出た言葉かもしれないのよ。その苦しみを、彼女の原風景から感じ取って理解してあげることも、いまのあなたには必要かもしれないわ」

下村、おれはこの大塚先生の言葉に愕然となった。「結婚してくれて、ありがとう」という言葉は、一生結婚できなくて当然、と思うような過去が涼子にあったからではないか——そんな発想はしてみたこともなかった。だが、言われてみると、それが真実をあぶり出しているような気がしてならなくなった。

　と同時に、おれはね、下村、ひどい迷惑をかけてしまったおまえの葬儀を思い出していたんだ。結婚してまだ数年しか経っていない立場で喪主になった裕美子さんが、おまえの過去の歩みを満足に知らずにいたから、弔問客の顔ぶれにひどく戸惑っていたことを。そして、あのくだらぬインチキ連中に弔辞でかき乱されてしまったことを。

　よく考えれば、おれだって涼子という人間をあまりよく知らないのだ。知っているのは結婚してからの二十年で、結婚する前の二十六年は何も知らないのだ。

　もしもおまえの葬式と同じように、涼子の葬式に見知らぬ人間がやってきて、おれの知らない涼子像をいきなり見せつけるような弔辞を述べだしたら、それこそ喪主のおれはパニックに陥るかもしれない。

　いや、待てよ。涼子はホスピスに入所したその日、海を眺め下ろす高台の庭で、こう言ったではないか。お葬式はやらないで、と。お墓もいらない、と。

　もしかするとそれは、葬式をあげることによって、おれに知られたくない過去の人物がやってくるのを恐れたからではないのか。そんな懸念があるとしたら、やはり自然の景色だけでもよいから、涼子の生まれ育った土地を見ておくべきではないかと、おれは考えた。これもまた『旅立ち』の準備のひとつではないかと。

そして、おれはただちに大塚先生のアドバイスを実行に移すことにした。先生と会った翌日の月曜日、ちょうど秘書の志村が、下田駅の近くに適当なマンションを手配しましたと報告にきたが、その彼に、おれはこう命じていた。

明日火曜から明後日水曜にかけて、長野営業所の従業員で雪道の運転がうまく、鬼無里方面の地理に詳しい地元社員をひとり、四駆の車といっしょに用意しろ。それから鬼無里に宿をとれ、と。

子どもたちを連れていくのはやめた。これは、おれひとりでやるべき作業だった。

翌朝早く、おれは長野新幹線で長野へと向かった。おりしも大陸から強烈な寒気団がやってきて、軽井沢を過ぎて長野県内に入ったあたりから、ものすごい雪になってきた。

新幹線のスピードのためにそう感じるのかもしれないが、車窓から眺めるおれの目には、猛烈な吹雪のように思えた――

さて、第八章も下村に語るつもりで筆を進めていこうと思ったが、冷静さを保って記録を進めるには、「私」という名の一人称で、誰に語りかけるということを意識せずにまとめていくのがよいかもしれない。

しかし、どんな表現形態をとろうとも、非常に執筆が苦痛となる第八章だ。

第八章　しがらみを逃げ出して

朝の九時少し前に長野駅に着くと、モトミヤ精工の社章が縫い込まれたファー付きの作業ジャンパーを着た青年が、新幹線の改札口で待っていた。

「社長、おつかれさまです。長野営業所の新井《あらい》と申します。よろしくお願いいたします」

白い息を吐きながら、ハキハキとした物言いで新井は挨拶をした。実直そうな二十代の青年だった。

「志村秘書室長から、社長によけいな質問はするな。おっしゃられたとおりに車を走らせろ、と指示されておりますので、ご遠慮なく、なんでもお申しつけください」

私から小さな旅行バッグを受け取ると、新井は気持ちいい爽快感をもって、そう言った。この青年となら、一泊二日の『原風景の旅』も気分よく過ごせそうだった。もちろん、これから行く先で不愉快な出来事が待ち受けていなければ、の話だが。

「車は駅の地下駐車場に入れてありますが、お食事はどうなさいますか」

「朝メシはいい。とりあえず、現地に行こう。聞いていると思うが、目的地は鬼無里だ」

「かしこまりました。宿は鬼無里の民宿を貸し切りでとってありますが、もしも民宿が社長のお気に召さなければ、この長野駅前のホテルに変更いたします。鬼無里までの往復は、裾花川《すそばながわ》沿いに走れば、雪のある時期でもそれほどかかりませんから、長野駅を拠点にしても時間的な問題はありません」

「いや、いいよ。鬼無里の民宿で。わざわざ貸し切りにしてくれたのか」

「はい。ほかに客の予約が入っていないところを選んで、追加の客はとらないように言ってあります」

「その配慮はうれしいな」

私はその手配に満足してうなずくと、青年のあとについて歩いた。ここは駅のフロアでいうと三階で、その改札口を東口のほうへ進んだところにあるエレベーターで地下一階まで降りると、そこが駐車場になっていた。

新井は、漆黒の国産RV車のところへ案内すると、私に後部座席を勧めた。だが、それを断って助手席に乗った。涼子の原風景を、少しでもしっかりと自分の目で見ておくためだった。

「よかったら、これをどうぞ」

新井は、コンソールボックスの脇に寝かせておいた、小さなサーモボトルを指差した。

「美味しいかどうかわかりませんが、コーヒーを入れてきました。室長から、社長の好みはミルクも砂糖もなしのアメリカンタイプだとお聞きしていますので」

「そうか、ありがとう」

と、そのボトルを受け取りながら、志村の相変わらずの気配りに、緊張していた頰が少しだけ緩んだ。

地下の駐車場の料金ゲートを通り、スロープを上がって地上に出ると、横殴りの雪が待ちかまえていた。運転席の新井はワイパーのスイッチを入れ、デフロスターの強度を上げた。だが、長野駅周辺は白一色という積もり方まではいかなかった。

「この降りだから、もっと積もっているかと思ったが、そうでもないね」

私が言うと、

「ここはそうですが、鬼無里まで行くとぜんぜん違いますから」

と、新井が短く答えた。

車はいったん新幹線の下をくぐって反対側に出て、善光寺口のほうから長野県庁前を通る国道19号線へ、そして信州大学前を左折して国道406号線に入った。これが裾花川沿いにくねくねとつづいて鬼無里まで向かう道路だという。

通行する車に押し潰されて半分溶けかかった雪の上を走るジャーッという独特のロードノイズを耳にしながら、私は助手席でしばし考えごとにふけった。

突発的に、涼子の原風景をたどる旅を計画したものの、具体的な目的地がまったくないまま、たんに鬼無里の雪景色だけを見て何か得るものがあるのか、という不安がないわけではなかった。

だから、少しでも鬼無里における涼子の足跡に関する情報が得られまいかと考えた。もちろん、本人にはないしょでだ。しかし、諏訪にいた養父母はとうに死んでおり、彼らが経営していた工場も倒産で閉鎖され、二十年前に私たちの結婚式にきてくれた数少ない新婦側の出席者は、みな音信不通か鬼籍に入っていた。そのときの出席者も、全員が諏訪の人間で、鬼無里からきたという者はひとりもいなかった覚えがある。

もちろん、当の涼子は私がこんな計画を立てたことをまったく知らない。この一泊二日の旅が終われば、志村が手配してくれた下田のマンションに詰めて、涼子のそばにつきっきりとなるつもりでいた。おそらくそれが、私と涼子がいっしょのときを過ごす最後の期間になるだろう。

新井の用意してくれたアメリカンコーヒーを、サーモボトルのコップを兼用したふたに移してすすりながら、私はフロントガラスに正面から降りかかってくる雪を見つめた。まるでゴーグルをはめてスキー場で滑降しているような気分になりながら、幼いころの涼子の姿を勝手に思い浮かべはじめた。

東京の下町に生まれ育ち、その後も神奈川の厚木に移り住んで現在に至る私は、性格形成に気候が影響を及ぼすという環境に日常生活を置いたことがなかった。首都圏というのは、自然環境についてはじつに中性的である。たしかに夏の暑さは年々厳しくなっているが、それは人為的なエネルギー排出がもたらす温暖化の影響、という印象がある。あくまで人工の暑さだ。東京周辺に住むかぎりでは、自然の厳しさと闘わねばならないという意識は、春夏秋冬の四季を通じて持つことがない。

しかし、いまこうやって吹雪の信州にきてみると、やはりこの冬の厳しさは、間違いなく人間の性格形成に影響を与えるだろうと思えてくる。そして、きわめて類型的な想像が頭に浮かんできてしまう。すなわち、毎年やってくる厳冬期にじっと耐えるため、人々の性格はガマン強くなり、口数は少なく、内向的になりがちではないか、と。そんなふうに、勝手に結論づけてみたくなる。

よく考えれば、それは結婚してからの涼子のイメージから逆算した分析なのだが、吹雪の中を鬼無里に向かって走る車に乗った私の脳裏には、寡黙な少女・涼子の姿しか思い浮かんでこなかった。

私は、ふたに注いだコーヒーをぜんぶ飲み干したあと、運転席の若い社員に向かってたずねた。

「いや、美味いコーヒーだった。ところできみは、このへんの生まれなのかね」

「長野市内ですが、こっちのほうではなく、吉《よし》です」

「ヨシ？」

「はい。明治のころは吉村という村だったところで、のちに吉村は徳間《とくま》村や檀田《まゆみだ》村などと合併して若槻《わかつき》村になり、一九五四年に長野市に併合されました。で、いまは長野市吉です」

「きみは役場の人間かね」

新井の細かい説明が妙におかしくて、私は笑った。

「よくそう言われます。私は市町村の変遷を覚えるのが好きで、中学生のころ、日本中の市町村合併の歴史を研究発表に出して金賞をもらいました。それ以来、ずっとです」

「へーえ、変わった趣味だねえ。一種の地理おたくかね」

「地理おたくと歴史おたくが混じっていますね」

カーブの多い道に沿ってハンドルを動かしながら、新井は少し得意げだった。

「じつは就職のとき、御社のほかに、地図出版社か歴史書の出版社に行こうかとも考えていたんです」

「もうウチに入っているんだから、御社はないだろう」

「あ、そうですね。ちょっと緊張してまして」

新井は、白い歯を見せて快活に笑った。

「で、その吉というのは、いったいどこにあるんだね」

「豊野《とよの》の近くですね」

「豊野とは」

「千曲川を挟んで小布施《おぶせ》の対岸になります」

「どこまで行っても、わからんな」

私は苦笑した。

「長野ローカルの地名を出されても、位置がつかめんよ。小布施は名前ぐらいは聞いたことがあるが」

「すみません。説明がまずくて」

「ちなみに、これから行く鬼無里はどういう歴史があるんだね」

「ご質問があるかと思いまして、復習しておきました。足利幕府が弱体化し、応仁の乱が起こる少し前の時代に記された『戸隠山顕光寺流記《とがくしやまけんこうじるき》』という古文書に、樹木の『木』に、那覇の『那』、佐渡の『佐』を書いた『木那佐』という表記があり、これがキナサという地名が出てくる最古の記録です。そして、それから百年ほど下った織田信長の時代、ちょうど武田信玄が病死した年になりますが、初めて鬼の無い里と書いた『鬼無里』が、朱印状に登場します。西暦でいえば一五七三年のことです。

　しかし鬼無里の伝説はもっと古く、六七三年に飛鳥浄御原宮《あすかきよみがはらのみや》で即位した天武天皇が、その十二年後に遷都を考え、意を受けた三野王《みぬのおう》らが水無瀬《みなせ》という場所にたどり着き――これがいまの鬼無里ですが――裾花川の流域に東京と書いて『ひがしきょう』という都の拠点を定め、対岸に西京《にしきょう》を置いたという伝承があります。

　さらに同じ種類の伝承でもっと有名なのが鬼女紅葉《きじょもみじ》で、時代はいまの話より三百年近く下った平安時代の中期、京都で源経基《みなもとのつねもと》の寵愛を受けていた紅葉という名の侍女が、正室に隠れて経基公の子どもを身ごもります。それとあいまって正室が病に倒れ、それが紅葉の呪いによるものだと比叡山《ひえいざん》の法師に見抜かれて、信濃の山奥・戸隠に追放されるんです。その後、紅葉は戸隠から水無瀬の里に移り住むと、特別な力で村人の病気を治し、京の都を偲《しの》んで一帯の地に、東京《ひがしきょう》・西京・二条・三条・四条・五条などの名前を付けたとの伝説があります。実際、これらの地名はいまも鬼無里に残っています」

「ほう。で、善行を働いているのに、なぜ鬼女なんだね」

「都への思いが断ち切れない紅葉は、京に戻ると里の人々に言い残して水無瀬を去りましたが、都には戻らず、戸隠の山賊と結託して悪行を働くようになるんです。これを知った冷泉《れいぜい》天皇が討伐軍を送り込み、それに対して紅葉は妖術を駆使して応戦、壮絶な闘いののちに、ついに紅葉は宝剣に刺されて死ぬという物語で締めくくられています。紅葉の人生の最後が鬼女なんです」

「なるほどなあ。それで鬼女が去って鬼無里かね」

「そういう解釈もできますね」

「面白い地名には面白い伝説があるもんだな」

「戸隠とか鬼無里方面には、そのほかにもユニークな地名がいっぱいありますよ。たとえば『しがらみ村』とか」

「なんだって！」

おもわず私は大きな声を上げ、運転する新井の横顔を見た。

「しがらみ村？」

「はい」

「そんな名前の村があるのか」

「あったんです。過去形です」

私の脳裏に、諏訪に移ったいきさつを一度だけたずねたときの、結婚前の涼子の言葉が蘇った。

（しがらみから逃げ出したくて）

「ちょ、ちょ、ちょっと」

私は、ちょうどチェーン脱着用に設けられたスペースが前方にあるのを見つけて、新井に命じた。

「あそこに車を寄せろ。そして、しがらみ村の話を詳しく聞かせてくれ」

新井は戸惑いながら車を寄せて停めると、私の求めに応じて『しがらみ村』の歴史を語りはじめた。これもまた、鬼無里一帯を案内するために復習してきた項目だという。

「ちょうどこの一帯は、幕末には真田家を藩主とする松代藩の領地でした。そして明治四年の廃藩置県でいったん松代県となり、その年のうちに飯山、須坂、小諸、上田などの各県と合わさって長野県になりました。この長野県はいまの長野県とは異なり、北信・東信地域だけで、南信地区は筑摩県と呼ばれていました。で、その当時、この一帯に上祖山《かみそやま》村・下祖山《しもそやま》村・栃原《とちはら》村・志垣《しがき》村・追通《おっかよ》村という五つの村があったんです」

「オッカヨ？」

「ええ。『追う』という字に『通う』という字を書いてオッカヨ村です。いまでもこの先に追通というバス停があります。で、廃藩置県の翌年に志垣村と追通村が栃原村に吸収合併され、その後、上祖山村と下祖山村が合併して祖山村になりました。そして明治二十一年に日本中に市制・町村制が敷かれたわけですが、その翌年に栃原村と祖山村が合併して柵《しがらみ》村となりました。木で囲う『柵《さく》』という字は『しがらみ』とも読みますが、その字を書いて柵村です。そして昭和三十年代の初めに戸隠村と合併して柵村は消えました。地名としての柵もいまはなく、戸隠栃原になっていますが、柵郵便局にその名前を残していま す。戸隠小学校に統合されてしまいましたが、つい最近まで柵小学校もありました」

「柵は近いんだな、ここから」

「この先にある裾花ダムを通り越してから、右に入っていけば柵地区です」

「わかった。鬼無里の前に、そっちに行ってくれ」

サイドウインドウにへばりついた雪のため、密室の感覚が強まる車の中で、私は前方に向かって指を差した。

私は、このとき大塚綾子先生がおっしゃった言葉を思い出していた。人間は自分が直接関与できない大きな力で人生を動かされていく、というあの言葉だ。

もしも案内役を頼んだ社員が新井でなかったら、あるいは新井であっても、彼に市町村合併の歴史マニアという特異な趣味がなかったら、『柵』という変わった地名の存在を知ることはなかっただろう。その地名と『しがらみから逃げたくて』という涼子の言葉を結びつけることもなかっただろう。

柵地区まで入ると、長野駅前とは比較にならないほど雪が多くなっていた。新井によれば、これでもまだ戸隠高原方面と較べれば大したことがないという。風景の描写をここに細かく記そうと思っても、私には雪の印象しか残らない。ただでさえ広くない山道は、除雪車のかき寄せた雪の壁で左右が狭くなり、乗用車どうしのすれ違いでさえ困難となっていた。そして、さらに一段と強まってきた吹雪のために、空と大地の区別さえつけにくくなっている。雪のない季節に、ここがどのような風景を見せてくれるのか私には見当もつかなかったし、新井にたずねるゆとりもなく、左右に動くワイパーがかろうじて確保する視野の中から、ただ白い世界を見つめているよりなかった。

「ちょっと雪がひどすぎますね」

新井が言った。

「何も見えませんが、このあとどうしましょう」

問いかけられて、私はとっさにこう答えた。

「民家でも商店でもいいから探して、この地区でいちばんの長老か事情通の家をたずねてくれ」

「事情通、ですか」

「そうだ。きみには詳しい説明をしているヒマがないが、二十年前……いや、ちがうな、えーと」

私は涼子が諏訪に養女に行く前の、両親を亡くした十八歳を基準にして逆算した。

「いまから二十八、九年前……そう三十年ほど前の柵地区の人間模様をよく知っている人をたずねたいのだ」


それから十五分ほどのち、雪かきをしていた住民から新井が教えてもらった一軒の農家を、私は訪れていた。このあたりでも珍しくなっている茅葺《かやぶ》きの立派な家だった。表札には『大日方《おびなた》』と掲げられている。

玄関先でコートに着いた雪をふり払ってから、私は応対に出た五十代とみられる主人に名刺を差し出して来意を告げた。主人もモトミヤ精工の名前は知っており、「その社長さんが、わざわざこちらに」と驚きの目を見張り、まだ詳しい事情を話す前からすっかり信用してもらって、家の中に通された。もしかすると、数カ月先にはその肩書きではなくなっているかもしれないが、とりあえず私は、自分の社会的立場が思わぬところで役立ったことに感謝した。

「三十年前の話でしたら、私よりもオヤジのほうがいいと思います。事情通ということで紹介を受けたのでしたら、それはオヤジのことでしょう。この一帯の区長を長くやっておりましたし、もう八十を超えた隠居ですが、まだしゃべりもしっかりしており、耳も遠くありませんから」

そう言われて、私は隠居のいる八畳間に通された。

八畳間の真ん中には掘りごたつが切ってあり、綿入り半纏《はんてん》を着込み、だいぶ白髪が薄くなっている老人がみかんをむしゃむしゃと食べていた。その顔はつやつやと輝き、血色がよかった。

事情通として紹介されたこの老人が、はたして漠然とした私の話に答えてくれるだろうかという不安はあった。が、ともかく主人に勧められて、私は老人と向かい合う形でこたつに足を入れた。運転手の新井は、遠慮して別の間に控え、さらに主人も、私が隠居と一対一でしゃべりたがっているのを察して、茶菓子を出したあとは席を外してくれた。

私は、まず初対面の挨拶をしたが、老人はまったく言葉を返さず、ひたすらみかんを食べつづけていた。耳は遠くないと言っていた息子の言葉はほんとうなのかと疑いながら、私は出鼻をくじかれた格好で口をつぐんだ。

少し離れたところで石油ストーブが青い炎を上げており、載せたヤカンはシュンシュンと音を立てて蒸気を吐き出している。下半分を開けた雪見障子のガラス越しには、依然として斜めに降りしきる庭の雪が見えていた。雪の醸し出す静寂が、部屋全体を包んでいた。

老人は、依然として自分からは口を開こうとせず、私と目を合わせようともしなかった。なんとなく気まずい空気を感じながら、私から遠慮がちに口を開いた。

「突然、ぶしつけな質問をして恐縮です。じつは、かなり昔の話なんですが、三十年ほど前のこの柵村で……いや、すでに村ではなかったですね……柵地区で、なにか人の噂に上るような目立った存在の若い女がいませんでしたでしょうか」

唐突な切り出し方に、老人はみかんをつまむ手を止めると、初めて私を見た。そして、まったく予想もしなかった言葉を返してきた。

「あんた、探偵かね」

意表をつかれ、私は一瞬絶句した。それから急いで新しい名刺を出し、老人に向かって差し出したが、

「細かい字は読めんからいらん」

と、そっけなく突き返された。

モトミヤ精工ではワンマン創業者として恐いものなしの私だったが、この老人の前では子ども扱いだった。しかし、腹を立てている場合ではなかった。明らかに老人が、何かを知っているとわかったからだった。そうでなければ、探偵か、などという質問が出るはずもなかった。

こうなったら、私も単刀直入に切り出すよりなかった。

「当時十八か十九だった、宇多野《うたの》涼子という名前の女をごぞんじないでしょうか」

私の妻・涼子の結婚前の旧姓は高木だった。しかし、それは諏訪の高木家に養女として迎えられてからの苗字であって、その前は宇多野という。それが鬼無里で生まれ育ったときの涼子の実家だ。

「え……」

薄くなった老人の眉がぴくりと動いた。
それから老人は、みかんの汁で黄色くなった指先を舐《な》めてから、私にまっすぐ向き直った。

「最初に、まずあんたに大事なことを言っておこう。柵村に限ったことではないが、明治のころまでは、この一帯の村々は、家の格というものを一番の基準に置いてやってきた」

「格、ですか」

「そうだ。たとえばうちの苗字は大日方だが、戸隠や鬼無里ではわりあい多い苗字だ。だが、いまはいざしらず、明治のころまでは大日方は大日方でも、家の格によって立場に上下の差があった。大日方だけでない。山口、和田、今井、宮川、小池、塚田、岡本、小林、林部……同じ苗字の家がたくさんあるが、当時は同じ苗字の間でも、違う苗字の間でも、みな家の格付けによる上下関係を意識して統率をとってきた。あそこの家はうちより格上だとか、あそこの家は格下だとか、そうしたことをつねに意識してやってきた。それが江戸時代、いやもっともっと昔からつづいてきた村の掟《おきて》というものだった」

老人が、なぜそのような話を急にはじめたのかわからなかったが、私は黙って耳を傾けるよりなかった。

「ただし家の格式というものは、財産では決まらん。古さできまる」

「古さ、ですか」

「さよう。よそ者はその掟によって、まず最初から格上には立てん。いまではうちの息子でさえ知らんようになってしまったが、わしの親の代あたりまでは『あたらしや』という言葉があった」

「あたらしや？」

「新しい家と書いて『新家《あたらしや》』。これは歴史がない家を指す。二代や三代その村につづいた程度では新家と呼ばれて、新参者扱いだった。家の格が低いのだ。その格付けは明治を境に徐々にすたれてきてしまったが、まだうちの親などは、そういう意識が残っていた。ちなみに我が家は、数ある大日方家でも最も格上にあった。そして、少なくともわしは、まだその誇りをもちつづけておる」

もしやこの老人は、私の来意を理解できず、ただの自慢話を繰り広げるつもりかと思ったが、さきほど発せられた「あんた、探偵かね」という言葉を思い出し、これは話の核心に向かう途中の寄り道だろうと思い、聞き役に徹した。

「そんな厳しい村の掟の中で暮らす昔の嫁は大変だった。こんな言い回しがある。『人の嫁子とつまきり包丁、いつもキリキリ立つがよい』。わかるかね。包丁の刃が立つことと、嫁が立って働き回ることをかけておる。嫁は誰よりも早起きをして、誰よりも遅くまで働かねばならぬ。そんなふうにこき使われた嫁も、姑《しゅうとめ》が年老いると、一家の実権を渡されることになる。これを『杓子渡し《しゃくしわたし》』と呼んだ。その儀式を経て、初めて嫁は姑にいちいちお伺いを立てずに家事の切り盛りをすることが許されるのだ。

　さて、いまからざっと三十年ほど前のことだが——あえて苗字は言わんが、我が家と同様に格式の高く、姑がぼちぼち嫁に杓子渡しをしてもよい時期になった家があった」

　明治時代の昔話から、突然、『ざっと三十年前』という言葉が出て、私は緊張した。話が本筋に戻った、と察したからだ。

「しかし、年老いて足腰も立たなくなったにもかかわらず、その家の姑は、意地でも嫁に杓子を渡さないと言い張った。それには姑の息子である亭主のただならぬ色恋沙汰が起きていたからだ」

なにかイヤな予感がしてきた。

「手っ取り早くいえば、そこの若主人は、お手伝いとして雇った若い娘と深い関係を結んでしまったのだ。それでも使用人との浮気なら、いくらでも金で解決がつくと思ったのだろうが、お手伝いの娘が本気になってしまい、こともあろうに若主人までが浮気で済まないほど、その娘に惚れ込んでしまった。娘は年に似合わぬ魔性の女だったわけだ。そして、すったもんだの修羅場の末に、若主人は、もう『しがらみ』を捨てて、この娘といっしょに都会に出るとまで言い出した。そこで言う『しがらみ』は、土地の名前と同時に、因習に凝り固まった親との関係も指しておったのだろう。しかし、格式の高い家を守りつづけてきた姑の怒るまいことか。

ところがだ、その怒りの矛先は息子に対してではなく、息子をたぶらかした使用人の娘に対してでもなく、日ごろから折り合いの悪かった嫁に向けられたのだ。あんたがしっかりせんから、息子がこうなったんだろうが、と。わしも古い人間だが、古い世代の姑の意地悪さは尋常ではない。何でもかんでも悪いのはみな嫁のせいにするところがあった。この界隈には、昔から伝わるこんな歌がある。『濃茶《こいちゃ》煮出した、婆様《ばばさま》ござれ、嫁の悪口、言うて呑《の》もに』とな」

老人は口を歪《ゆが》め、笑いとも怒りともつかぬ表情を作った。

「哀れなのは、その家の嫁だ。夫が若い使用人に手をつけているにもかかわらず、何の罪もない自分がいちばん責められるという理不尽な仕打ちを受け、ついにこんな吹雪が吹きすさぶ日に、凍てつくような川に身を投げて死んだ。五歳か六歳の娘を残したままだ。その悲劇を受けて、亭主はどうしたと思うね」

雪見障子の外では、廊下の窓ガラスにへばりつくほど横殴りの吹雪となっている様子が見える。石油ストーブの上に載ったヤカンの湯気を立てる音が、先ほどよりも激しくなってきている。そして、私の胸の鼓動も……。

「さて、亭主はどうしたと思うかね、あんた」

重ねて問われ、私はかすれ声で答えた。

「わか……りま……せん」

しかし内心では、おそらく責任を感じて、その夫もすぐさま自らの生命を絶ったのだろうと思っていた。だが、違っていた。

「何の咎《とが》もない、いちばん哀れな立場の嫁が自殺したにもかかわらず、なおも亭主は使用人の娘との恋を貫こうとしたのだよ。しかも、母親の自殺で悲嘆にくれている哀れな一人娘をほうり出してまでだ。そしてふたりは車で柵から逃げ出し、かつてふたりでよく海を見にいった新潟へ向かった。山に囲まれた土地で生まれ育った娘が、海が見たい、海が見たいとしょっちゅうせがみ、亭主がそれに応えて車でしばしば新潟の海へつれていっていたことは、周りの者がよう知っておった」

「海が見たい……ですか」

足元からくるこたつの温もりのせいだけでなく、異様な興奮で喉がカラカラになった。出された湯呑みに手を伸ばしたが、すでに無意識のうちに飲み干していて空だった。

私は座ったまま貧血を起こしかけていた。そして、やっとの思いでたずねた。

「ふたりはどうなったんです」

「新潟の海岸へ向かったことは見当がついていたので、柵から親族やら知り合いを総動員して行方を捜しに追いかけた。そして三日後、もう逃げ切れぬと判断した亭主は、海岸の砂浜に停めた車の中に練炭を持ち込み、冬の嵐で荒れ狂う日本海を眺めながら、若い女と心中を図った。ところが、見つかったのが中途半端に早く、中途半端に遅かった」

「それは……どういう意味です」

「ふたりとも揃って心中を遂げるには発見が早すぎて、ふたりとも助かるには発見が遅すぎた、ということだよ」

「死んだのはどちらで、助かったのはどちらですか」

「その名家は、いまはもう跡形もない。そう言えば、答えはわかるだろう」

「……」

「当時、わしの家に新聞社やら週刊誌やら、はたまた警察までがようきた。いまのあんたのように、わしが事情通であることと、その家と同じぐらい格式の高い家だと知ってのことだ。格式が同じ程度の者なら、きっと内輪話も打ち明けられておるんだろうという読みでな。……まあ、実際そうだったわけだが」

　そこで老人は、みかんを一房つまんで口に入れ、それを呑み下してからつづけた。

「ところであんた、さっきどう言うた」

「なにが、ですか」

「わしが昔話をしているあいだに、もう忘れたんかね。当時十八か十九だった宇多野涼子という女のことを知らんかと、問うてきただろうが。それがわしの家を訪ねた理由だったのではないのか」

「ええ、そうです」

「宇多野というのは……」

老人が私の目をじっと見つめて言った。

「柵にはない苗字だ。隣の鬼無里でも、昔からある名前ではない。京都のほうから越してきた新家《あたらしや》の、あの宇多野の家を除けばな」

「あの宇多野とは？」

「娘のしでかした不始末の責任をとり、夫婦で首をくくって家が滅びた宇多野だよ」

「……」

心臓が破裂しそうになった。

その私の耳に、老人の言葉が飛び込んでくる。

「それであんたは、その宇多野涼子のことを知りたくてきたのかね」

第九章

情念の炎が消えるとき

「そう……」

かなり長い私の話を最後まで聞き終えた大塚綾子先生は、ポツンとつぶやいた。

「涼子さんの原風景を見るどころの騒ぎではなくなったわけね」

「ええ」

短く私が答える。

「悪かったわ。よけいなアドバイスをして」

「とんでもありません。ショックを受けたのは確かですが、後悔はしていません。それどころか、初めて涼子が生身の女だということがわかって、その意味ではよかったと思っています」

午後八時――。眼下に都会の夜景が広がっている。その向こうにはライトアップされた東京タワーが美しい。冬の東京は、空気が澄み切っているせいか、夜景の輝きがいちだんとまぶしく感じられた。

ここは大塚先生が東京の定宿とされているホテル最上階のバーで、ガラス張りの窓に沿って設けられたカウンター席に、大塚先生と並ぶ形で私は座っていた。

ものすごい吹雪の柵地区から帰ってきて、まだたったの一日しか経っていないことが信じられなかった。東京もこの冬一番の寒気団の襲来で、厳しい冷え込みに襲われていた。だが、あの猛吹雪の柵地区、そして鬼無里に較べたら、まるで温室だった。とくにこうやって上質なホテルの中に入ってしまうと、そこに集う人々の服装からでさえ、季節感を推し量るのが難しいほどだ。みなコートはクロークに預け、男たちはスーツかジャケットかセーター姿、女性客の中には二の腕をむきだしにしたドレスを着ている者さえいる。あの白一色の風景に較べたら、まるでここは別世界だった。

「それにしても」

カクテルグラスを傾けながら、大塚先生が言った。

「いまのお話は、三十年前の出来事だったかしら」

「正確には二十八年前です。涼子が十八のときの話ですから」

「とても、そうは思えないわね。まるで明治時代か、それよりもっと前の話を聞かされたみたい」

「私もそう思います。とくに、老人が明治のころまでつづいていた風習を前置きで話したものですから、それと二十八年前の出来事の境目がわからなくなって……」

「まさに、しがらみから逃げ出して、ね」

「ええ」

大都会の光の海を見下ろしながら、私は『本宮直樹の妻・涼子』ではなく、魔性の女とさえ呼ばれた十八歳の宇多野涼子に思いを馳せていた。

老人は、宇多野涼子が鬼無里の出身であることを明らかにしたあと、吐き捨てるように言った。鬼無里からきただけあって、まさに鬼女だな、と。

私は、その言葉を否定できなかった。

地味なところが一番の取り柄と私が評価していた妻が、十代の少女のころに妻子ある男性の心を惑わし、名家として知られていた彼の家を破壊しただけでなく、自らの実家も破滅に導いた。異常なまでに強い愛を貫こうとしたために、相手の男とその妻、そして涼子自身の両親という、二組の夫婦をいずれも自殺に追い込んだのだ。それが十八歳の涼子がしたことだった。鬼女と言われて反論などできまい。

老人は、あのときの少女が二度苗字を変えて、いま目の前にいる私の妻となっていることまで、想像が及んでいるのだろうか。私は面と向かって話を聞きながら、そこを考えた。老人は最後まで、私が宇多野涼子の過去をたずねてきた理由を問い質さなかった。それは、私と彼女との関係をいまさら質問する必要もない、というふうに受け取れないこともなかった。

しかしその一方で、私の知っている涼子の姿とはあまりにもかけ離れたエピソードに、夫である私でさえ、同一人物の物語を聞いているとは思えなかった。だから老人が、私が涼子の夫であるなどと考えもしなかったとしても無理はない。

ともあれ話を聞いたおかげで、いまとなっては、涼子がこれまでにポツリポツリと残した言葉の意味がすべてわかってきた。「しがらみから逃げ出したくて」も「結婚してくれて、ありがとう」も、「ふだんから海を見る機会が少なくて、南の島に行けることがすごくうれしかった。夢のようだった」と、最後の家族旅行となったグアムで語った意味合いも、みな納得できた。

ようやく私には理解ができた。涼子があれほど海にこだわっていた理由が。それは、たんに山里に生まれ育ったから、というだけではなかった。また、海が開放的な風景であるからというだけでもなかった。涼子にとっては、海こそが閉鎖的なしがらみの世界から自分を救い出してくれる希望の象徴だったのだ。激しい恋をした相手と心中する覚悟を決めたそのときでさえ、涼子は海を見つめながら死の世界へ旅立とうとした。

そして、もういちど生まれ変わって新しい人生を歩み直そうと私と結婚したとき、涼子は南の島の海を思い出の場所として選んだ。それは同じ海でありながら、初めて希望に満ちた幸せを象徴する風景になったはずだった。

さらに二十年後、こんどこそ逃れられない死を宣告されたとき、涼子は家族とともに、ふたたび南の海を眺めることを希望した。幸せの希望に満ちて眺めた海を……。余命いくばくもなしとの宣告を、彼女が淡々と受け容れた事情も、これですっかり明らかになった。涼子は伊豆最南端の石廊崎の海を、人生最後の場所に選んだ。またしても海だった。新潟の海を見ながら死のうと思って死にきれなかった、その中途半端な行為の完遂を、広大な太平洋に求めたに違いない。彼女が旅立とうとしているのは天国ではなく、水平線の彼方なのかもしれない。

しかし、同時に海は、涼子の無意識下で恐怖の象徴にもなっていた。ホスピスに入所した最初の夕方、とっぷりと日が暮れ、暗闇の向こうから海鳴りが聞こえてくるのを耳にしたとき、涼子は「帰らないで」と泣きながら、私にすがった。それは、終末を迎える場所でひとりぼっちになる淋しさだけから出た涙ではなかった。二十八年前のすべてがよみがえってくる恐ろしさから出た涙と震えであったに違いない。

昼間、地球が丸いことを示す水平線を眺めながら、私は新婚旅行を思い出して「あの海とつながっているんだな」と言い、涼子は「そうね。家族で行ったあの海と」と答えた。だが、実際には南国の海ではなく、冬の嵐が荒れ狂う日本海を思い描いていたのではなかったか。

そこまで考えたとき、私はつらい結論を導かざるを得なかった。

(涼子は、私に感謝しながらも、最後はあの男のもとに旅立とうとしている)

狂おしい情念の炎を燃え上がらせながら、しかしその炎は結果として、愛する男と、罪もない女性と、大切な自らの両親の命を奪い取ってしまった。そしてひとり生き残ってしまった涼子は、遠縁の親戚の養女となることで名前を変え、ついで私の妻となってもう一度名前を変え、忌まわしい過去を振り切ろうとした。

妻を子育ての機械と考えているような私のもとでも、愚痴らしいことを何ひとつ洩らさなかったのは、かつて自分の情念の犠牲となって自殺した、柵の名家の嫁と同じ立場に身を置くことで、涼子なりに罪を償おうとしていたのではなかったか。

柵の老人は、面会の最後にこう言った。

「わしは、あの鬼女が、いまもどこかで生きていると思うておる。心中から生き残ったあと、もはや二度と自らの命を絶とうとすることはない気がしている。だが、柵の人間はもうあの鬼女を追いかけることはしない。時の流れが許したのではない。悲劇の直後からそうだった。それはひとえに、名家の誇りを傷つけてはならんということだ。真実を世の中に訴えたり、あの女を捉えてさらし者にするよりも、好ましくない出来事は世に出さず、みなが忘れていくのを待つ。そう考えたわけだ。どちらの家も絶えてしまい、柵でも鬼無里でも、いまやあの出来事を思い出す者がほとんどいなくなったからこそ、私はあんたに話してやったにすぎない。わざわざこの吹雪の中をたずねてこられたのだからな」

老人は、何かを見透かすような目つきで私にそう言ったあと、話は済んだと言わんばかりに、新しいみかんをむきはじめたのだった。

そして私が頭を下げて礼を述べ、こたつから出て部屋を辞そうとしたとき、老人はまるで学校の校歌のようなメロディを口ずさみはじめた。

荒倉《あらくら》西に雲を呼び　南に高き虫倉《むしくら》の
山並み遠くそそり立つ　中に里あり霊地あり
柵村とて名も高し

荒倉山も虫倉山も、鬼無里を取り囲む山であり、かつての柵村からも裾花川をはさんで左右に眺めることができる。私をふたたび吹雪の中へ送りだそうと玄関まできてくれた亭主は、老父の歌声を耳にしながら、それが大正年間に作られた『柵健児の歌』であることを教えてくれた。

名もなつかしき裾花の　清き流《ながれ》を君見ずや
岩が根潜り瀬を飛びて　日夜たゆまず海に行く
水に努力の教《おしえ》あり

涼子の恋の巻き添えとなって嫁が身を投げた裾花川は、あとで運転手の新井が教えてくれたところによると、長野の市街地を横切ったあと、松本方面から流れてきた犀川《さいがわ》——上流は上高地に端を発する梓川《あずさがわ》——に合流し、さらにすぐ千曲川に合流すると、小布施、飯山、栄《さかえ》村を経て、県境から新潟県津南町《つなんまち》に入ったところで信濃川と名前を変える。そして越後平野を横切って、最終的には新潟市で日本海に注ぐのだ。

それはまさに人生の艱難辛苦とそれを乗り越える努力を、日本最長の距離で山から海へと到達する川の水にたとえるにふさわしいものだった。

ふと思えば、身を投げた女性の身体は途中で引き揚げられても、魂は海に注ぎ、あるいは日本海を望む場所で死んだ夫の魂とすでに合流しているかもしれない。あとから追いつこうとしている涼子が知らないうちに……。

「それで」

大塚先生が隣に座る私に目を向けてたずねてきて、私の意識は大都会の夜に戻った。

「あなたは言うつもりなの？」

「柵で見聞きしたことを、ですか」

「ええ」

「先生はどう思われます」

「私がどう思うかではなく、本宮さんがどうなさるつもりなのかを聞かせて」

人生相談の師は、アドバイスではなく私の決断を求めた。

「言うつもりです」

私は答えた。

「それは決して涼子を咎める意味合いではありません。彼女に残された時間は少ない。だから涼子が誰をいちばん愛しているのか、それが夫の私にはわかっていると、いまハッキリと知らせてやりたいんです。そして、これまでありがとう、この私と結婚してくれてありがとうと礼を述べたい。詫《わ》びも言いたい。こんなおまえを、もっともっと深い愛で包んであげなければいけなかったのに、と……。私が勝手に思っていたような地味で枯れた女ではなく、誰よりも愛に貪欲であった涼子だったのに、私の愛でやさしくしてあげなかったことを謝っておきたいのです。『生きてるうちに、さよならを』をきちんと言わねばなりません。それが私の最後の務めです」

大塚先生は私の言葉に黙ってうなずくと、そっと指先で目尻を拭った。

そのとき、マナーモードにしてある私の携帯電話が着信を知らせた。背広の内ポケットから取り出して液晶画面を見る。

石廊崎のホスピスの電話番号が出ていた。

何が起きたのか、電話に出る前からわかった。

眼下に広がる東京の夜景が、ライトアップされた東京タワーが、一瞬にして涙でぼやけ、光の洪水になった。

＊　＊　＊

頭が真っ白だった。

＊　＊　＊

ずっと、ずっと頭が真っ白だった。

＊　＊　＊

時の流れが自分の周りでゴウゴウと音を立てて流れているのはわかるのだが、私ひとりがそこに取り残されていた。

＊　＊　＊

頭が真っ白だった。まったく自分というものが取り戻せない。

＊　＊　＊

「パパ、パパがしっかりしなきゃダメだよ」

「そうよ、パパ。こんなパパを見たら、ママが悲しむよ」

息子と娘が、自分たちの悲しみを抑えて私をはげまそうとしている。その声が聞こえるのだが、私は自分を取り戻せない。

＊　＊　＊

ようやく落ち着きを取り戻したのは、暦が二月から三月へ、三月から四月へ、さらに五月へと入ったころだった。

冬から春、春から初夏へと季節は変わり、モトミヤ精工本社社長室から眺める厚木市郊外の景色も、青葉で満たされていた。あの衝撃的な吹雪の白さは、ようやく私の脳裏から記憶の底へ沈みかけていた。

いま私はひとり社長室にいて、書類や私物の整理をしていた。約束していたとおり、涼子を社長夫人として密葬で送り出した私は、社長を辞して後任に副社長の今泉をあてる人事を対外的に発表し、それは来月の株主総会で承認される予定になっていた。

しかし、それを待たずに、私は会社経営の実質的な全権をすでに今泉に委譲していた。そして当初予定していたような会長職に就任することもやめ、完全にモトミヤ精工から身を引くことを決めた。

誕生日を迎えても、なお私は五十七歳である。隠居には早すぎる年齢だった。だが、私はここで仕事を完全に休み、自分の人生を見つめ直そうと考えていた。息子と娘の受験が終わるまでは住み慣れた厚木にとどまっているが、そのあとは澪は兄の敬に任せ、ひとりで旅に出ようと思っていた。

旅の目的地は、鬼無里でもなければ柵でもない。まずはグアムだった。そこからゆっくりと、時間の許すかぎり世界の海を見て歩こうと思っていた。おそらくいまごろは、最愛の人と海の彼方で再会しているであろう涼子のことを思いながら……。

ついに私は、涼子に向かって『生きてるうちに、さよならを』を言えなかった。大塚先生が講演で語られたとおり、きちんとしたさよならを言うひまもなく、人は大切な人と別れていく。涼子の過去をすべて知り、さあ、これから最後のひとときをいっしょに過ごそうと、下田に確保したマンションに移ろうとしたその矢先に、永遠の別れがきた。

ホスピスで主治医となってくれていた医師の説明によれば、たしかに涼子は急速に衰えてはいたが、まだあと何日という単位で余命を数えるほどまではなく、翌日から私が近くに移ってくるのを楽しみにしていたという。

だが、ちょうど私が大塚先生とホテルのバーで語り合っていたところ——一階にある涼子の個室で緊急のブザーが鳴らされ、スタッフが駆けつけてみると、窓辺に倒れかかるような形で涼子が苦しんでいるのが発見された。ただちに救命措置が施されたが、その甲斐なく、心臓が停止した。

直接的には急性の心不全です、と医師は言った。ここまで身体が衰えておられると、循環器系のちょっとした変調が致命的になってしまいますので、と。ただ、本来の病による衰弱とは違うようです、との説明だった。

それを聞き、私は柵への旅が涼子に伝わったのではないかと思った。心霊現象など一切信じないが、そのときばかりは、東京のホテルで大塚先生に語った旧・柵村での出来事の一部始終が、そのままホスピスの個室にいる涼子の耳に届いたのではないかと、真剣に考えさえした。涼子がベッドの上ではなく、窓辺によりかかるような形で発作を起こしていたのも、夜の海を見つめながら過去の苦しみを蘇らせていたからだという気がしてならなかった。

だが、ほんとうのところは誰にもわからない。

段ボールに荷物を詰め込んでいくうちに、社長室の作り付けの棚は、つぎつぎと空っぽになっていく。すると、本の陰に立てかけてあった一枚のＤＶＤが目に入った。そこに手書きでタイトルが書き込まれている。それは秘書の志村の筆跡で、もういまから五年前になるが、業界懇親会のパーティーを撮影したものであることが記されていた。思えば、それが小倉さゆりとの運命的な出会いとなったパーティーだった。

けっきょくさゆりとは、荷物を運び出してガランとした馬車道のマンションでの対面が最後となってしまった。一時は、彼女を後妻にと真剣に考えていた時期もあったが、涼子の過去を知ったあとは、さゆりにかぎらず、別の女性を後妻として迎える気分になど到底なれなかったし、この先もそういう気持ちにはならないだろう。私の妻は、涼子ひとりでいいのだ。

そうした心変わりを、とくにこちらから連絡することはなかったが、さゆりも聡明な女だから、最初から自分が正式にプロポーズされることはあるまい、と予測していたのだろう。だからこそ、馬車道のマンションも明け渡したのだ。

そんなことをチラッと考えながら、私はそのDVDを、机の上にあるパソコンのスロットに入れて再生をはじめた。自分を戒める意味で、傲慢だった私の姿を見ておこうと思ったのだ。そう、例のスピーチだ。

さゆりが私の妻の名前を涼子と知ったのは、彼女がコンパニオンとして出ていたそのパーティーで私がスピーチに立ち、こんなことを言ったからだと教えられた。

「うちの女房の名前は、涼しい子と書いて涼子というのですが、これがまあ、名前のとおりいつも涼しい顔をして、ダンナにキツイことを言ってくれるんです」

去年の暮れ、初めてそのことをさゆりから聞かされたとき、そんなスピーチのセリフなどすっかり忘れていた私は、さゆりの記憶力に感心こそすれ、自分の妻に対する冷たさにはまったく気づいていなかった。そして妻のことを「涼しい女」というより「冷たい女」であり「感情のない女」だと勝手に決めつけていたことも、気づいていなかった。

いま、社長室を去るにあたり、そのＤＶＤが出てきたのは、自分の愚かさを再認識させるためのものではないかと思い、私は過去の自分がやった鼻持ちならないスピーチを、自分の目に焼き付けておこうと思った。

パソコンの画面で、再生がはじまった。

忠臣・志村の撮影したビデオは、おせじにも上手とはいえなかったが、パーティー会場で懇談する私を懸命に追いかけていた。思えば、これだけ一生懸命撮ってくれたのに、私は彼の力作を見ることもしていなかった。

不要な部分は早送りして、やがて壇上に私が上がったところにたどり着くと、再生速度をノーマルに戻した。そして、その場面がやってきた。来賓用の仰々しいリボンを胸に付けた私は、得意のスピーチで会場を沸かせ、いい気になっていた。

そして、問題の部分――

「うちの女房は、見てくれはおとなしいんですがね、これがまあ涼しい顔をして、ダンナにけっこうキツイことを言ってくれるんです」

なに、と思った。

巻き戻し、またそこを再生する。

「うちの女房は、見てくれはおとなしいんですがね、これがまあ涼しい顔をして、ダンナにけっこうキツイことを言ってくれるんです」

言っていない。私は『涼子』という名前を一言も口にしていない。スピーチの最初から最後まで、ていねいに見直しても、私は涼子という名前を一度も出してはいなかった。そしてさゆりとの個人的なつきあいの中でも、妻の名前は出したことがない。

もちろん、調べれば妻の名前などすぐわかる。しかし、それならそうと、さゆりは正直に言ったはずである。言葉にウソがないことが最大の長所だと本人に向かってほめたのに、さゆりはウソをついていた。自分が私の妻の名前を知ったきっかけを。

なぜだ。

とたんに、よくない連想が一気に広がり、全身に鳥肌が立った。

私はインタホンで秘書室を呼び出し、志村が出ると、うわずった声で叫んだ。

「すぐに、すぐにこっちへきてくれ！」

異常を察した志村は、一分もかからずに社長室に飛び込んできた。ノックもしなかったのは、私が発作でも起こしたと思ったらしい。

「どうなさいました、社長！」

緊張した顔で問いかける志村に、私はパソコンの前から立ち上がって言った。

「二月に、おれを鬼無里に案内してくれた長野営業所のナントカという青年……」

「新井ですか」

「そうだ。新井に大至急連絡をとり、柵村へ行けと言ってくれ」

「しがらみ……村？」

新井から詳細は聞いていなかったらしく、志村は眉をひそめた。

「それはどこにあるんです」

「もう村じゃないんだが……ええい、そんな説明をしているヒマはない。新井に言えばわかる。大日方という老人の家へ大至急飛んでいって、先日訪問したモトミヤ精工の社長からの質問だと言って、ぜひとも答えをもらってきてほしい。悲劇の家の苗字は『小倉』ではありませんか、と。そして、二十八年前に五歳か六歳かで取り残された少女の名前は、『さゆり』と言いませんか、と」

「社長」

志村は、事態を半分も呑み込めないながらも、私が口にした苗字と名前をくっつけた。

「それは小倉さゆりのことですか」

「そうだ」

机に両手をつき、あえぎながら私はさらにつけ加えた。

「それからもうひとつ、石廊崎のホスピスに電話をして、涼子が心臓発作を起こした日に、誰かが面会にきていなかったか、当時の記録を調べ直してもらってくれ」

「もしやその日に、小倉さゆりが……」

「それを調べるんだ！」

怒鳴るように言うと、私はガックリと椅子に腰を落とした。足が震えて立っていられなくなったのだ。

おわりに

パパ――

まさかぼくが、こんな形でパパの『本』を締めくくることになるとは夢にも思わなかっただろうね。

「はじめに」という書き出しを読むと、この本は、ぼくや澪に見せるつもりはまったくなかったらしい。ちょっと不思議だったのは、「妻に読ませることはなおのことできません」と書いてある部分だった。だってこれは、ママが死んでから書き出したものなんだよね。それなのに、その気になればママが読めるかのような表現になっているのは、たぶん、パパにとってママはずっと心の中で生きつづけていたんだね。

インパクトのある中身だったよ。そして、パパの混乱もよくわかった。いちおう一人称で書かれているところは統一されているけど、『おれ』になったり『私』になったり、出だしは『です・ます調』なのに、そのあとは違っていたり、語りかける相手が大塚先生だったり、友だちの下村さんだったり、ママだったり、あの女だったり、バラバラだけど、むしろそのおかげで、パパの気持ちはよくわかったよ。

息子のぼくがこれを読んだことを知ったら、パパはどんな顔をするだろうな、と考えてみたことがある。もしもぼくが父親で、息子にこういう内容を読まれてしまったら、いたたまれないと思う。

ああ、澪には見せていないよ。これからも読ませるつもりはない。男のぼくと違って、女の子の澪は、パパの男としてのドロドロした部分を読んだら、すごいショックを受けると思うから。

誰に読ませるつもりで書き出したのかわからないと言っていたけど、けっきょくこれは日記だと思ったよ。パパは、自分自身に向かって語りかけながら書いていたんだよ。

その日記は第九章で終わっていたけれど、パパはいったいどこまで書くつもりだったんだろう。そんなことも考えてみたんだけど、最終的にこういう結末がパパ自身の身に降りかからなかったにしても、第十章は書けなかったんじゃないかと思う。そこまでの冷静さを保つことは、無理だったと思うんだよね。たとえパパが生きていたとしても。

天国のパパに届くかどうかわからないけれど、その後のことを報告しておくね。

この「おわりに」は、第九章から一年五カ月経った夏に書いている。パパの一周忌も、ついこのあいだ終わったところだよ。

ぼくも澪もショックを乗り越えて、それぞれの道に進んだ。ぼくは無事大学に入り、澪も希望の高校に進んで、いまふたりでいっしょに都内のマンションに住んでいる。澪のことは心配しないで。ちゃんとアニキとして、妹の面倒は責任をもってみるから。

厚木の家は売り払った。そうした事務的なことはぼくではよくわからなかったけど、志村さんがぜんぶやってくれたんだ。そしてこれからも、困ったことがあったら、なんでも私に頼ってくださいと、ぼくや澪にきちんと敬語で言ってくれるんだ。ほんとうにいい人だね。

その志村さんにも、パパが書いてきたものは見せていないよ。だけど、パパと小倉さゆりのことは、ちゃんと理解しているみたいで、ヘタをすれば誤解されそうなパパの死に方についても、社内や外部の人間の誤解を解くように説明してくれている。だから、パソコンの中から見つかったパパの『本』を、パパの名誉を保つための証拠品として他人に見せる必要はなかった。

パパ、自分が死んだ瞬間を覚えているかい。去年の六月、まだパパがギリギリでモトミヤ精工の社長だったときだ。雨の降る日に、めったに自分で運転しない車のハンドルを握って、高速道路で中央分離帯に激突して死んだんだ。厚木から乗って、沼津で降りる少し前の東名高速だよ。推定時速百六十キロ出ていたんだってさ。そして助手席にいた小倉さゆりも死んだ。

警察はパパのスピードオーバーによるスリップ事故ということで片付けたけれど、いまのぼくにはわかっている。パパは道連れにしたんだよね、あの女を。事故を聞いた瞬間は、ママが死んでからまもないのに、なんで別の女と、とショックを受けたけど、この本を読んですべてわかった。納得するよ。パパがいなくなったのは悲しいし、つらいけど、でも、ママのためにこうしてくれたのはよかった。澪には、きちんとぼくから説明しておいた。刺激的なところはカットしてね。

小倉さゆりは、幼いときに自分から両親を奪ったママに復讐するために、ずっとその機会を狙っていて、パパに接近してきたんだね。もちろん彼女の狙いは、パパをママから奪い取ることではなく、どうやったらママを苦しめて、そして殺すかにあった。

彼女は、その計画の実現にもっと時間がかかると思っていたはずだ。だからパパの愛人という立場を確保して、じっくりとタイミングを見計らうつもりだった。ところが、思わぬ形で、ママの命が燃え尽きることがわかった。それで彼女は焦ったんだ。病気でママが死んでしまっては、復讐を遂げたことにはならないからだ。

たしかにあの日、小倉さゆりはママに面会にきていた。そして、あくまでこれはぼくの想像なんだけど、二十八年前の幼い少女が、パパの愛人としてそばにいたという事実を面会でママに初めて打ち明けた。それだけでも激しいショックをママに与えたはずだけど、彼女は帰ったふりをして、あの施設の庭に隠れていたんじゃないだろうか。日が落ちてからもずっとだ。二月の寒さなんて関係なかったと思う。

そして、夜になって個室の窓ガラスを叩き、気がついて近寄ってきたママを、ものすごい顔で睨みつけた……。


まあいいや。あまり考えるのはよそう。

それからね、パパ。ちょっとパパにとっては皮肉な事実をひとつ話しておくよ。天国に行ったパパは、むしろ余裕で笑い飛ばすかもしれないけど。

パパの葬儀は盛大に行われたよ。厚木でいちばん大きな葬祭場でね。喪主はぼくだった。そして葬儀委員長は副社長の今泉さんが務めた。弔辞も、今泉さんがトップバッターだった。

今泉さんはね、じっとパパの遺影を見つめてから、いきなり号泣した。そして泣き叫びながら、こうはじめたんだ。

「本宮社長、なぜ私たちを置いて、突然逝ってしまわれたんですか。まだまだ十年も二十年も社長として、未熟な私たちを指導していただきたかったのに、この先私たちは、いったいどうすればいいんですか。誰がモトミヤ精工の社長を務めればいいんですか」

ってね。対外的にも次期社長だと発表されて、株主総会の承認を待つばかりになっていたのに、あまりにもしらじらしいよね。葬式のときは、まだぼくはこの本を見つけていなかったけど、読んでいたら、今泉さんの演技に笑い出していたかもしれないよ。

でも、葬式って、こんなものかもしれないなと思った。世の中の葬式で、わざとらしいスピーチにしらけまくっている遺族は、けっこうほかにもいたりするんじゃないだろうか。

ぼくはとてもパパみたいに偉くはなれないと思うから、自分で断らなくても盛大な葬式にはならないだろうけど、弔辞なんてお断りだね。いまのうちから澪にでも、そう言っておこうかな。

ところでパパ、来週、澪とふたりでグアムに行ってくるよ。あのホテルをとったんだよ。家族四人で行ったときと同じホテルを。

あれは一昨年の暮れのことだったけど、あのときのぼくは子どもだった。家のことをほったらかしで仕事と愛人に夢中のパパに腹を立てていた。でも、いまはぜんぜん違う。澪もそうだよ。ぼくも澪も、パパとママの子どもに生まれたことを誇りにしている。

この本のおかげで、パパとママを、ひとりの男、ひとりの女として見ることができたのが、すごくよかった。本を書いてくれてありがとう。

それじゃ、来週、向こうで会おうね。グアムの海で。パパと、そしてママと。また家族四人でゆっくり話そうよ。澪も楽しみにしているって。

では、これでこの本はおしまいだよ。誰にも読まれないように、パスワードでロックしておくね。

じゃ、バイバイ。

毎日コミュニケーションズ　1996・11
〃（文庫版）　2004・10
□169．マジックの心理トリック　角川oneテーマ21　2005・7

【舞台脚本】
◎　新宿銀行東中野独身寮殺人事件　1994・1
(劇団スーパー・エキセントリック・シアター　15周年記念公演)
◎　パジャマ・ワーカーズON LINE　2001・10
(劇団スーパー・エキセントリック・シアター　秋の本公演)

□ 89. 侵入者ゲーム　講談社　1996・7
講談社ノベルス　1998・4
講談社文庫　1999・8
□104. クリスタル殺人事件　光文社文庫　1997・9
講談社文庫　2007・9

【オカルティック・サスペンス】

□ 6. エンゼル急行を追え　C★NOVELS　1988・3

【精神衛生本】

□ 97. 多重人格の時代—人間関係のピンチを脱する大逆転の発想
PLAY BOOKS（青春出版社）
1997・2
□102. こころのくすり箱—いのちのエピローグ
アミューズブックス（新書）　2002・3
（原題：がん宣告マニュアル感動の結論）
アミューズブックス　1997・7
□106. 正しい会社の辞め方教えます
カッパ・ブックス　1998・6

【ビジュアル旅ガイド】

□116. 京都瞑想2000　アミューズブックス　2000・1

【語学】

□109. たった3カ月でTOEICテスト905点とった
ダイヤモンド社　1999・6

【趣味】

□ 91. 王様殺人事件（伊藤果七段共著）

		ハルキ文庫	1998・10
□ 38.	時の森殺人事件　5 秘密解明篇	C★NOVELS	1992・11
		中公文庫	1995・11
		ハルキ文庫	1998・10
□ 40.	時の森殺人事件　6 最終審判篇	C★NOVELS	1993・1
		中公文庫	1995・11
		ハルキ文庫	1998・10
□ 48.	読書村の殺人	C★NOVELS	1993・7
		中公文庫	1996・11
		ケイブンシャ文庫	2001・4
□ 98.	日本国殺人事件	ハルキ文庫	1997・4

【ラジオディレクター・青木聡美シリーズ】

□ 15.	死者からの人生相談	KKベストセラーズ	1991・7
		徳間文庫	1994・6
□ 28.	「巨人－阪神」殺人事件	光文社文庫	1997・6
	(原題：死者に捧げるプロ野球)	FUTABA NOVELS	1992・7

【ミステリー短編集】

□ 36.	丸の内殺人物語	角川文庫	1995・10
	(原題：それは経費で落とそう)	角川書店	1992・11
		カドカワノベルズ	1993・8
□ 68.	一身上の都合により、殺人	祥伝社	1994・9
		角川文庫	1997・7
□ 87.	西銀座殺人物語	角川文庫	1996・4

(71.『私も組織の人間ですから』角川書店1994・11＋書き下ろし表題作)

□ 72.	ダイヤモンド殺人事件	光文社文庫	1994・12
		講談社文庫	2006・12

	講談社文庫	1997・5
	光文社文庫	2004・3
□ 18. ［英語が恐い］殺人事件	講談社文庫	1997・7
	光文社文庫	2005・11
(原題：英語・ガイジン・恥・殺人)	ノン・ポシェット	1991・12
□ 31. ピタゴラスの時刻表	ノン・ポシェット	1992・8
	講談社ノベルス	1996・10
	講談社文庫	2000・2
□ 34. ニュートンの密室	ノン・ポシェット	1992・10
	講談社ノベルス	1996・11
	講談社文庫	2000・6
□ 43. アインシュタインの不在証明		
	ノン・ポシェット	1993・4
	講談社ノベルス	1996・12
	講談社文庫	2000・11

【里見捜査官シリーズ】

□ 21. 時の森殺人事件 1	C★NOVELS（中央公論社）	
暗黒樹海篇		1992・4
	中公文庫	1995・9
	ハルキ文庫	1998・9
□ 27. 時の森殺人事件 2	C★NOVELS	1992・6
奇人魍魎篇	中公文庫	1995・9
	ハルキ文庫	1998・9
□ 32. 時の森殺人事件 3	C★NOVELS	1992・9
地底迷宮篇	中公文庫	1995・10
	ハルキ文庫	1998・9
□ 35. 時の森殺人事件 4	C★NOVELS	1992・10
異形獣神篇	中公文庫	1995・10

〃（新装版）　2000・10

□134．キラー通り殺人事件【完全リメイク版】

講談社文庫　2002・3

（5．『キラー通り殺人事件』講談社Ｊノベルス1987・9を完全改稿）

□　7．幽霊作家殺人事件　角川文庫　1997・12

（原題：ゴーストライター）　カドカワノベルズ　1990・5

角川文庫　1992・3

□ 10．ハイスクール殺人事件　角川文庫　1997・9

（原題：三十三人目の探偵）　角川文庫　1991・1

□ 25．黒白の十字架　TENZAN NOVELS 1992・6

ケイブンシャ・ノベルス　1994・4

ケイブンシャ文庫　1996・6

□151．黒白の十字架【完全リメイク版】　講談社文庫　2003・6

□ 52．［会社を休みましょう］殺人事件

光文社文庫　1993・9

講談社文庫　2003・10

□ 67．ミステリー教室殺人事件

光文社文庫　1994・9

□ 92．定価200円の殺人　角川mini文庫　1996・11

【国際謀略】

□　1．Ｋの悲劇　扶桑社　1986・2

角川文庫　1991・3

徳間文庫　1994・11

【家庭教師・軽井沢純子シリーズ】

□ 16．算数・国語・理科・殺人　ノン・ポシェット（祥伝社）

1991・8

	〃（新装版）	2000・12
□ 14．トリック狂殺人事件	カドカワノベルズ	1991・5
	角川文庫	1994・2
	光文社文庫	2000・8
□ 73．血液型殺人事件	角川文庫	1994・12

(20．『ABO殺人事件』カドカワノベルズ1992・1を完全改稿)

□ 37．美しき薔薇色の殺人	JOY NOVELS（実業之日本社）	
(原題：薔薇色の悲劇)		1992・11
	角川文庫	1996・1
□ 44．哀しき檸檬色の密室	JOY NOVELS	1993・4
(原題：檸檬色の悲劇)	角川文庫	1996・2
□ 50．妖しき瑠璃色の魔術	JOY NOVELS	1993・8
(原題：瑠璃色の悲劇)	角川文庫	1996・3
□ 99．ラベンダーの殺人	角川mini文庫	1997・5
□112．怪文書殺人事件	ケイブンシャ・ノベルス	1999・8
	光文社文庫	2003・1
□164．富良野ラベンダー館の殺人	角川文庫	2004・12
□166．ドクターM殺人事件	JOY NOVELS	2005・3
□174．嵯峨野白薔薇亭の殺人	角川文庫	2006・1

【OL捜査網シリーズ】

□ 12．OL捜査網	光文社文庫	1991・4
□ 23．夜は魔術《マジック》	光文社文庫	1992・6

【単発ミステリー】

□ 3．創刊号殺人事件	実業之日本社（有楽出版ノベルス）	
		1987・7
	角川文庫	1991・12

		1996・12
	講談社文庫	1999・12
□132．蛇の湯温泉殺人事件	JOY NOVELS	2002・1
	講談社文庫	2006・4
□139．十津川温泉殺人事件	JOY NOVELS	2002・7
	講談社文庫	2006・6
□140．有馬温泉殺人事件	講談社文庫	2002・9
□150．霧積温泉殺人事件	JOY NOVELS	2003・6
	講談社文庫	2006・10
□156．大江戸温泉殺人事件	JOY NOVELS	2004・2
□172．「初恋の湯」殺人事件	JOY NOVELS	2005・12
□184．伊香保温泉殺人事件	JOY NOVELS	2007・7

【志垣警部シリーズ】

□ 60．富士山殺人事件	ノンノベル（祥伝社）	
		1994・3
	光文社文庫	1996・9
	講談社文庫	2005・8
□126．回転寿司殺人事件	ケイブンシャ・ノベルス	2001・6
	講談社文庫	2003・2

【警視庁捜査一課・烏丸ひろみシリーズ】

□ 2．逆密室殺人事件	廣済堂ブルーブックス	
(原題：カサブランカ殺人事件)		1987・4
	角川文庫	1991・5
	〃（新装版）	2000・7
□ 4．南太平洋殺人事件	廣済堂ブルーブックス	
		1987・8
	角川文庫	1991・9

		ケイブンシャ文庫	1996・12
		講談社文庫	1999・2

□ 47.	由布院温泉殺人事件	講談社ノベルス	1993・6
		講談社文庫	1996・7
		ケイブンシャ文庫	1998・12
□ 51.	龍神温泉殺人事件	講談社ノベルス	1993・9
		講談社文庫	1996・10
□ 65.	ランプの秘湯殺人事件	フェミナノベルズ (学習研究社)	1994・7
		講談社文庫	1997・3
□ 66.	五色温泉殺人事件	講談社ノベルス	1994・8
		講談社文庫	1996・12
		ケイブンシャ文庫	1999・11
□ 75.	知床温泉殺人事件	講談社ノベルス	1995・3
		講談社文庫	1997・11
□ 88.	猫魔温泉殺人事件	講談社ノベルス	1996・5
		講談社文庫	1998・12
□ 96.	金田一温泉殺人事件	講談社ノベルス	1997・2
		講談社文庫	2000・3
□105.	鉄輪温泉殺人事件	講談社ノベルス	1997・10
		講談社文庫	2001・1
□110.	地獄谷温泉殺人事件	講談社文庫	1999・6
□131.	嵐山温泉殺人事件	講談社文庫	2001・11

□ 76.	天城大滝温泉殺人事件	JOY NOVELS (有楽出版社)	1995・6
		講談社文庫	1998・3
□ 94.	城崎温泉殺人事件	JOY NOVELS (実業之日本社)	

□ 53．金沢W坂の殺人	カッパ・ノベルス	1993・11
	光文社文庫	1996・12
□ 69．小樽「古代文字」の殺人	カッパ・ノベルス	1994・10
	光文社文庫	1997・12
□ 86．能登島黄金屋敷の殺人	カッパ・ノベルス	1996・2
	光文社文庫	1999・3
□101．空中庭園殺人事件	光文社文庫	1997・7
□114．京都魔界伝説の女—魔界百物語１—		
	カッパ・ノベルス	1999・11
	光文社文庫（上・下巻）	2003・6
□130．遠隔推理	光文社文庫	2004・10
(原題：心霊写真)	カッパ・ノベルス	2001・10
□133．平安楽土の殺人—魔界百物語２—		
	カッパ・ノベルス	2002・2
	光文社文庫	2005・4
□161．万華狂殺人事件	カッパ・ノベルス	2004・7
	光文社文庫	2007・10

【ラブ＆ミステリー】

□177．なぜ紫の夜明けに	双葉社	2006・8

【ファミリー・クライシス】

□185．ドリーム	PHP研究所	2007・8

【温泉殺人事件シリーズ】

□ 39．修善寺温泉殺人事件	ケイブンシャ・ノベルス	1992・12
	ケイブンシャ文庫	1995・12
	講談社文庫	1998・11
□ 58．白骨温泉殺人事件	ケイブンシャ・ノベルス	1994・2

	カドカワノベルズ	1995・11
	角川文庫	1998・5
	徳間文庫	2004・1
□ 93．「あずさ2号」殺人事件	カドカワノベルズ	1996・11
	角川文庫	1999・4
□103．新幹線秋田「こまち」殺人事件		
	カドカワエンタテインメント	1997・8
	角川文庫	2000・5

□ 82．ベストセラー殺人事件	講談社文庫	1998・9
(原題：私の標本箱)	講談社ノベルス	1995・9

□107．鬼死骸村の殺人	ハルキ・ノベルス	1998・7
	ハルキ文庫	1999・7
□113．地球岬の殺人	ハルキ・ノベルス	1999・8
	ハルキ文庫	2000・12

【サイコセラピスト・氷室想介シリーズ】

□ 8．編集長連続殺人	光文社文庫	1990・7
	角川文庫	1999・10
□ 57．旧軽井沢R邸の殺人	光文社文庫	1994・2

(9．『スターダスト殺人物語』カッパ・ノベルス1990・9を完全改稿)

□ 64．シンデレラの五重殺	光文社文庫	1994・7

(11．『五重殺＋5』カッパ・ノベルス1991・1を完全改稿)

□ 26．六麓荘の殺人	カッパ・ノベルス	1992・6
	光文社文庫	1995・8
□ 41．御殿山の殺人	カッパ・ノベルス	1993・2
	光文社文庫	1996・4

□ 85.	銀河鉄道の惨劇（下）	トクマ・ノベルズ	1996・2
		徳間文庫	1999・1
□ 95.	「富士の霧」殺人事件	トクマ・ノベルズ	1996・12
		徳間文庫	1999・9
□100.	「長崎の鐘」殺人事件	トクマ・ノベルズ	1997・5
		徳間文庫	2000・1
□108.	「吉野の花」殺人事件	トクマ・ノベルズ	1999・3
		徳間文庫	2004・3
□117.	天井桟敷の貴婦人	トクマ・ノベルズ	2000・2
		徳間文庫	2002・2
□129.	「横濱の風」殺人事件	トクマ・ノベルズ	2001・8
		徳間文庫	2004・6
□141.	「鎌倉の琴」殺人事件	トクマ・ノベルズ	2002・10
		徳間文庫	2004・9
□149.	「舞鶴の雪」殺人事件	トクマ・ノベルズ	2003・5
		徳間文庫	2004・12
□163.	青龍村の惨劇	トクマ・ノベルズ	2004・12
□170.	朱雀村の惨劇	トクマ・ノベルズ	2005・7
□173.	白虎村の惨劇	トクマ・ノベルズ	2006・1

□ 42.	出雲信仰殺人事件	カドカワノベルズ	1993・3
		角川文庫	1996・9
		徳間文庫	2003・4
□ 54.	邪宗門の惨劇	角川文庫	1993・12
		徳間文庫	2002・10
□ 70.	観音信仰殺人事件	カドカワノベルズ	1994・11
		角川文庫	1997・11
		徳間文庫	2003・8

□ 83. トワイライトエクスプレスの惨劇

全改稿)

□ 56.「戸隠の愛」殺人事件　徳間文庫　1994・2

(17.『そして殺人がはじまった』トクマ・ノベルズ1991・9を完全改稿)

□ 59.「北斗の星」殺人事件　徳間文庫　1994・3

(19.『雪と魔術と殺人と』トクマ・ノベルズ1991・12を完全改稿)

□ 22. 花咲村の惨劇　トクマ・ノベルズ 1992・5
徳間文庫　1995・11

□ 24. 鳥啼村の惨劇　トクマ・ノベルズ 1992・6
徳間文庫　1995・12

□ 29. 風吹村の惨劇　トクマ・ノベルズ 1992・7
徳間文庫　1996・1

□ 30. 月影村の惨劇　トクマ・ノベルズ 1992・8
徳間文庫　1996・2

□ 33. 最後の惨劇　トクマ・ノベルズ 1992・9
徳間文庫　1996・3

□ 45. 金閣寺の惨劇　トクマ・ノベルズ 1993・5
徳間文庫　1997・7

□ 46. 銀閣寺の惨劇　トクマ・ノベルズ 1993・5
徳間文庫　1997・7

□ 62. 宝島の惨劇　トクマ・ノベルズ 1994・4
徳間文庫　1998・1

□ 63. 水曜島の惨劇　トクマ・ノベルズ 1994・5
徳間文庫　1998・4

□ 74. 血洗島の惨劇　トクマ・ノベルズ 1995・1
徳間文庫　1998・7

□ 77. 銀河鉄道の惨劇 (上)　トクマ・ノベルズ 1995・7
徳間文庫　1999・1

	アミューズブックス	2001・4
□138．オール	ハルキ・ホラー文庫	2002・7
□183．性格交換	ハルキ文庫	2007・5

【センチメンタル・ファンタジー】

□119．ゼームス坂から幽霊坂	双葉社	2000・9
	FUTABA NOVELS	2001・12
	双葉文庫	2003・5
□127．あじゃ＠109	ハルキ・ホラー文庫	2001・8

【マインドミステリー】

□121．孤　独	新潮文庫	2001・1
□145．Black Magic Woman	JOY NOVELS（有楽出版社）	2003・1
□153．ぼくが愛したサイコ	JOY NOVELS	2003・9
	双葉文庫	2007・1

【ワンナイトミステリー】

□ 79．「巴里《パリ》の恋人」殺人事件	角川文庫	1995・8
□ 80．「カリブの海賊」殺人事件	角川文庫	1995・8
□ 81．「香港の魔宮」殺人事件	角川文庫	1995・8
□118．「倫敦《ロンドン》の霧笛」殺人事件	角川文庫	2000・8
□120．「ナイルの甲虫《スカラベ》」殺人事件	角川文庫	2001・1
□123．「シアトルの魔神」殺人事件	角川文庫	2001・4
□128．「北京の龍王」殺人事件	角川文庫	2001・8

【推理作家・朝比奈耕作シリーズ】

□ 55．「伊豆の瞳」殺人事件	徳間文庫	1994・1

(13．『私が私を殺す理由』トクマ・ノベルズ1991・4を完

□143．第一印象	双葉文庫	2002・11
□182．心の旅	双葉文庫	2007・5

【ホラー】

□ 49．初　恋	角川ホラー文庫	1993・7
□ 61．文　通	角川ホラー文庫	1994・4
□ 78．先　生	角川ホラー文庫	1995・8
□ 90．ふたご	角川ホラー文庫	1996・8
□ 84．踊る少女	角川ホラー文庫	1999・4
(原題：家族の肖像)	中央公論社	1996・2
	C★NOVELS	1997・2
□111．i《アイ》レディ	角川ホラー文庫	1999・8
□115．ケータイ	角川ホラー文庫	1999・12
□125．お見合い	角川ホラー文庫	2001・6
□135．卒　業	角川ホラー文庫	2002・3
□144．樹　海	角川ホラー文庫	2003・1
□146．かげろう日記	角川ホラー文庫	2003・3
□148．ボイス	角川ホラー文庫	2003・4
□152．トンネル	角川ホラー文庫	2003・9
□155．スイッチ	角川ホラー文庫	2004・1
□157．ついてくる	角川ホラー文庫	2004・3
□159．ナイトメア	角川ホラー文庫	2004・6
□160．姉妹—Two Sisters—	角川ホラー文庫	2004・7
□165．時　計	角川ホラー文庫	2005・1
□168．ビンゴ	角川ホラー文庫	2005・7
□175．グリーン・アイズ	角川ホラー文庫	2006・3
□178．憑依—HYOU・I—	角川ホラー文庫	2006・9

□122．ついてくる—京都十三夜物語

著者　キャラクター別作品リスト（完全版）

※2007年10月下旬時点　既刊186点

吉村達也公式ホームページPC版
（http://www.yoshimura-tatsuya.com/）
同ｉモード版　（http://i.yoshimura-tatsuya.com/）
同Yahoo!ケータイ版　（http://j.yoshimura-tatsuya.com/）
同EZweb版　（http://a.yoshimura-tatsuya.com/）
の作品検索ページでさらに詳しい情報を見ることができます。
(※各URLは2006年３月３日より変更になっています)

【心理サスペンス】

□124.	京都天使突抜通の恋	集英社	2001・5
		集英社文庫	2004・7
□136.	やさしく殺して	集英社文庫	2002・4
□142.	別れてください	集英社文庫	2002・10
□147.	夫の妹	集英社文庫	2003・4
□154.	しあわせな結婚	集英社文庫	2003・10
□158.	年下の男	集英社文庫	2004・4
□162.	セカンド・ワイフ	集英社文庫	2004・10
□167.	禁じられた遊び	集英社文庫	2005・4
□171.	私の遠藤くん	集英社文庫	2005・10
□176.	家族会議	集英社文庫	2006・4
□179.	可愛いベイビー	集英社文庫	2006・10
□181.	危険なふたり	集英社文庫	2007・1
□182.	ディープ・ブルー	集英社文庫	2007・4
□186.	生きてるうちに、さよならを	集英社文庫	2007・10

□137.	幻視鏡	双葉文庫	2002・5

この作品は、集英社文庫のために書き下ろされました。

集英社文庫　目録（日本文学）

山前譲・編　文豪の探偵小説
山前譲・編　文豪のミステリー小説
山本一力　銭売り賽蔵《さいぞう》
山本一力　戌亥《いぬい》の追風《おいて》
山本兼一　雷神の筒
山本兼一　ジパング島発見記
山本兼一　命もいらず名もいらず(上)幕末篇
山本兼一　命もいらず名もいらず(下)明治篇
山本兼一　修羅走る　関ヶ原
山本文緒　あなたには帰る家がある
山本文緒　ぼくのパジャマでおやすみ
山本文緒　おひさまのブランケット
山本文緒　シュガーレス・ラヴ
山本文緒　まぶしくて見えない
山本文緒　落花流水
山本幸久　笑う招き猫
山本幸久　はなうた日和
山本幸久　男は敵、女はもっと敵
山本幸久　美晴さんランナウェイ
山本幸久　床屋さんへちょっと
山本幸久　GO!GO!アリゲーターズ
唯川恵　さよならをするために
唯川恵　彼女は恋を我慢できない
唯川恵　OL10年やりました
唯川恵　シフォンの風
唯川恵　キスよりもせつなく
唯川恵　ロンリー・コンプレックス
唯川恵　彼の隣りの席
唯川恵　ただそれだけの片想い
唯川恵　孤独で優しい夜
唯川恵　恋人はいつも不在
唯川恵　あなたへの日々
唯川恵　シングル・ブルー
唯川恵　愛しても届かない
唯川恵　イブの憂鬱
唯川恵　めまい
唯川恵　病む月
唯川恵　明日はじめる恋のために
唯川恵　海色の午後
唯川恵　肩ごしの恋人
唯川恵　ベター・ハーフ
唯川恵　今夜 誰のとなりで眠る
唯川恵　愛には少し足りない
唯川恵　彼女の嫌いな彼女
唯川恵　愛に似たもの
唯川恵　瑠璃でもなく、玻璃でもなく
唯川恵　今夜は心だけ抱いて
唯川恵　天に堕ちる

集英社文庫　目録（日本文学）

唯川　恵　手のひらの砂漠
湯川　豊　須賀敦子を読む
行成　薫　名も無き世界のエンドロール
行成　薫　本日のメニューは。
雪舟えま　バージンパンケーキ国分寺
柚月裕子　慈　雨
夢枕　獏　神々の山嶺《いただき》(上)(下)
夢枕　獏　黒　塚　KUROZUKA
夢枕　獏　ものいふ髑髏《どくろ》
夢枕　獏　秘伝「書く」技術
養老静江　ひとりでは生きられない　ある女医の95年
横幕智裕　周良貨／能田茂・原作　監査役　野崎修平
横森理香　凍った蜜の月
横森理香　30歳からハッピーに生きるコツ
横山秀夫　第三の時効
吉川トリコ　しゃぼん

吉川トリコ　夢見るころはすぎない
吉木伸子　あなたの肌はまだまだキレイになる　スーパースキンケア術
吉沢久子　老いをたのしんで生きる方法
吉沢久子　老いのさわやかひとり暮らし
吉沢久子　花の家事ごよみ　四季を楽しむ暮らし方
吉沢久子　老いの達人幸せ歳時記
吉沢久子　吉沢久子100歳のおいしい台所
吉田修一　初　恋　温　泉
吉田修一　あの空の下で
吉田修一　空　の　冒　険
吉田修一　作　家　と　一　日
吉永小百合　夢　の　続　き
吉村達也　やさしく殺して
吉村達也　別れてください
吉村達也　セカンド・ワイフ
吉村達也　禁じられた遊び

吉村達也　私の遠藤くん
吉村達也　家　族　会　議
吉村達也　可愛いベイビー
吉村達也　危険なふたり
吉村達也　ディープ・ブルー
吉村達也　生きてるうちに、さよならを
吉村達也　鬼の棲む家
吉村達也　怪物が覗く窓
吉村達也　悪魔が囁く教会
吉村達也　卑弥呼の赤い罠
吉村達也　飛鳥の怨霊の首
吉村達也　陰陽師暗殺
吉村達也　十三匹の蟹
吉村達也　それは経費で落とそう
吉村達也　「会社を休みましょう」殺人事件
吉村達也　ＯＬ捜査網

集英社文庫　目録（日本文学）

集英社文庫　目録（日本文学）

渡辺淳一　化身(上)(下)
渡辺淳一　ひとひらの雪(上)(下)
渡辺淳一　鈍感力
渡辺淳一　冬の花火
渡辺淳一　無影燈(上)(下)
渡辺淳一　孤舟
渡辺淳一　女優
渡辺淳一　仁術先生
渡辺淳一　花《はな》埋《うず》み
渡辺淳一　男と女、なぜ別れるのか
渡辺淳一　医師たちの独白
渡辺優　ラメルノエリキサ
渡辺優　自由なサメと人間たちの夢
渡辺優　アイドル　地下にうごめく星
渡辺雄介　MONSTERZ
渡辺葉　やっぱり、ニューヨーク暮らし。

渡辺葉　ニューヨークの天使たち。
綿矢りさ　意識のリボン

＊

集英社文庫編集部編　短編復活
集英社文庫編集部編　短編工場
集英社文庫編集部編　おそ松さんノート
集英社文庫編集部編　はちノート—Sports—
集英社文庫編集部編　短編少女
集英社文庫編集部編　短編少年
集英社文庫編集部編　短編学校
集英社文庫編集部編　短編伝説　めぐりあい
集英社文庫編集部編　短編伝説　愛を語れば
集英社文庫編集部編　短編伝説　旅路はるか
集英社文庫編集部編　短編伝説　別れる理由
集英社文庫編集部編　味覚の冒険　短編アンソロジー
集英社文庫編集部編　患者の事情　短編アンソロジー

集英社文庫編集部編　よまにゃノート
集英社文庫編集部編　よまにゃ自由帳
青春と読書編集部編　COLORSカラーズ

集英社文庫

生《い》きてるうちに、さよならを

2007年10月25日　第1刷　　定価はカバーに表示してあります。
2020年8月24日　第12刷

著　者　吉村達也《よしむらたつや》

発行者　徳永　真

発行所　株式会社　集英社
東京都千代田区一ツ橋2-5-10　〒101-8050
電話　【編集部】03-3230-6095
【読者係】03-3230-6080
【販売部】03-3230-6393（書店専用）

印　刷　大日本印刷株式会社

製　本　ナショナル製本協同組合

フォーマットデザイン　アリヤマデザインストア　　マークデザイン　居山浩二

ISBN978-4-08-746225-8 C0193